WERNER BAUMÜLLER

Veltliner-Leich

KRIMINALROMAN

emons:

Bibliografische Information der Deutschen Nationalbibliothek
Die Deutsche Nationalbibliothek verzeichnet diese Publikation in der Deutschen Nationalbibliografie; detaillierte bibliografische Daten sind im Internet über http://dnb.d-nb.de abrufbar.

FSC
www.fsc.org
MIX
Papier aus verantwortungsvollen Quellen
FSC® C083411

Umschlagmotiv: mauritius images/Karl Thomas
Umschlaggestaltung: Nina Schäfer, Tobias Doetsch
Gestaltung Innenteil: César Satz & Grafik GmbH, Köln
Lektorat: Uta Rupprecht
Druck und Bindung: CPI – Clausen & Bosse, Leck
Printed in Germany 2017
ISBN 978-3-7408-0163-2
Originalausgabe

Veltliner-Leich

Werner Baumüller stammt aus Kollerschlag in Oberösterreich. Er war lange als Texter und Konzeptionist in Werbeagenturen in Wien und Düsseldorf tätig, ehe er 1985 mit seinen beiden Brüdern die »Werkstatt Kollerschlag« gründete. Dort werden Kunstwerke und -projekte im öffentlichen Raum konzipiert und produziert, beispielsweise der einundzwanzig Meter hohe »Hammering Man« von Jonathan Borofsky vor dem Messeturm in Frankfurt. Mit »Die Essigmutter« trat er 2006 als Romanautor an die Öffentlichkeit. »Veltliner-Leich« ist sein erster Krimi.

Dieses Buch ist ein Roman. Handlungen und Personen sind frei erfunden. Ähnlichkeiten mit lebenden oder toten Personen sind nicht gewollt und rein zufällig.

Die mit Abstand blödesten Geschichten erzählt der Olib.
Und alle hören ihm gespannt zu.

Franz Traxler
ICH ACHTE DIE BÜCHER
UND DAS WAS
SIE NICHT WISSEN

EINS

Die Zeit der dicken Luft war für die Winzer aus dem Weinviertel wieder vorüber. Bis vor Kurzem war es noch gefährlich … sehr gefährlich … ja, lebensgefährlich gewesen, die Kellerräume zu betreten, in denen der frisch abgefüllte Traubensaft lagerte, um zum Sturm zu werden und schließlich zu köstlichem Wein zu reifen. Gärgase entwichen, die wie heimtückische Geister über den Kellerboden krochen, um auf ihre Beute zu warten. Kleine Hunde an der Leine, kleine Kinder an der Hand, Menschen, die sich bückten, um ihre Schuhbänder zu binden oder an den Weinfässern zu hantieren … ihnen drangen die Gärgase in die Nase und über die Lunge ins Gehirn. Und während aufrecht stehende Erwachsene noch nichts von der Gefahr merkten, begannen die Kleinkinder bereits zu taumeln. Es geschah nicht nur einmal, dass ein regungsloser Hund aus dem Keller gezogen oder gar getragen werden musste. Und man konnte von Glück reden, wenn er draußen an der frischen Luft wieder zum Leben erwachte.

Der Gärgas-See blieb aber nicht so seicht. Mit dem Treiben der Traubensäfte flossen immer mehr Gase aus den Fässern und füllten allmählich die gesamten Kellerräume auf wie ein aufgestauter Bach, der rundherum nicht mehr ausweichen und nur noch die Flucht nach oben ergreifen kann.

Früher, als es noch keine Messgeräte für die Gärgase gegeben hatte, wäre kein Winzer ohne eine brennende Kerze in der Hand in den Weinkeller gestiegen. Denn zu viele hatten ihre Fahrlässigkeit mit dem Leben bezahlt. Geht die Kerze aus, geht auch das Leben zu Ende, sagte man. Doch selbst das war trügerisch. Zwar erlischt eine Kerze schon bei einem Kohlendioxidanteil von vierzehn Prozent, das Leben aber erst bei einem Anteil von zwanzig Prozent – wenn es schnell geht. Hält man sich aber bei einer Sättigung von nur zehn Prozent länger im Weinkeller auf – sagen wir, so fünfzehn Minuten, dann ist man genauso hin. Und die Kerze brennt noch immer.

Aber wie gesagt, die Zeit der dicken Luft war inzwischen vorbei, denn wenige Tage nach dem Abfüllen der Fässer verschwand der Spuk von allein. Die Gärgase verkrochen sich durch die Luftschächte ins Freie, wo sie von der herrlichen Weinviertler Herbstluft aufgesaugt wurden. Und sobald der Sturm herangereift war, konnten die Winzer wieder bedenkenlos die Keller betreten und Gottes süffigste Gabe mit geschulter und erfahrener Hand zur Krönung geleiten.

Eine andere Art von dicker Luft durchströmte aber nach wie vor die Villa Kleist, die vom Ehepaar Marie und Gustav Kleist bewohnt wurde. Die Villa war Teil eines größeren Anwesens, das hauptsächlich aus einem weitläufigen Weingut bestand und eben auch aus besagtem Gebäude. Der Weinbaubetrieb der Kleists war übrigens mit Abstand der größte in der Gegend und überhaupt einer der größten und ertragreichsten des Landes. Man schätzte, dass jährlich über sechshunderttausend Flaschen den Betrieb verließen. Und darin befand sich keineswegs irgendein billiger Fusel, ganz im Gegenteil. Kleist-Weine zählten auch zu den besten der Region, es hagelte die Auszeichnungen nur so. Und jeder Gastgeber in Österreich, in Europa, ja selbst in Übersee, der seinen Gästen Kleist-Weine kredenzte, zeigte Kennertum und guten Geschmack.

Was für dicke Luft sorgte, war die ziemlich gereizte Stimmung zwischen den Kleists. Fünfundzwanzig Jahre Ehe sind kein permanentes Honiglecken, das weiß ein jeder. Sicher, Gustl Kleist hätte es ohne Weiteres in der Hand gehabt, den Streitereien und Unstimmigkeiten auszuweichen, doch dazu hätte er permanent nachgeben müssen. Und das gelang ihm zwar oft, aber nicht immer. Und da sein Mariechen so gepolt war, dass sie Widerspruch nicht nur kaum, sondern überhaupt nicht duldete, kam es halt immer wieder zu entsprechenden Reibereien. So auch an diesem späten Nachmittag, an dem Marie ihre Taschen und Rucksäcke packte, um wieder eine ihrer zahlreichen Reisen anzutreten, die sie in exotische Landstriche führte. Dort jagte sie dann Tieren hinterher, für die man hierzulande einen Kammerjäger bestellen würde. Marie war aber besessen davon, Kleintiere wie Käfer, Minireptilien, Schmetterlinge und Ähnliches zu beobachten und zu fotografieren. Und sie, wenn es sich lohnte, auch einzufangen und nach Hause mitzubringen.

Während Marie in aller Gelassenheit ihre Taschen ein-, aus- und wieder umpackte, stapfte Gustl nervös auf und ab. Manchmal blieb er, um die Zeit zu überbrücken, vor dem Schlafzimmerspiegel stehen und kontrollierte ein weiteres Mal sein Äußeres. Die seidene Krawatte saß perfekt. Ebenso das passende Stecktuch. Die Anzughose hätte allerdings um ein paar Zentimeter weiter sein können, denn Gustls Bauch war offensichtlich wieder ein wenig gewachsen. Dafür war er auf sein Haar immer noch stolz. Auch wenn es mittlerweile etwas schütterer wurde, die nach hinten gekämmten Locken verrieten immer noch den Mann von Welt, erst recht, seit sie sichtbar ergrauten.

»Verdammt, Mariechen, wir kommen zu spät. Kannst du dich nicht ein bisschen beeilen?«

»Ich überlege noch, ob ich auch den dritten Tropenanzug mitnehmen soll. Hetz mich nicht dauernd. Ständig hetzt du mich.«

»Bitte, Mariechen, wir werden noch deinen Zug nach München verpassen. Und dass die Fini und ich dann viel zu spät in die Oper kommen, scheint dir überhaupt wurscht zu sein.«

»Mein Gott, Gustl, du nervst!«

Mit der Fini war Fini Weber gemeint, Maries jüngere Schwester und somit Gustavs Schwägerin. Der Plan war, Fini rechtzeitig bei ihrer Wohnung abzuholen und gemeinsam nach Wien zum Hauptbahnhof zu fahren, um Marie zum Zug zu bringen. Sie wollte nach München reisen und dort in einem Hotel übernachten, um am nächsten Mittag nach Togo zu fliegen. Fini und Gustl hingegen würden vom Bahnhof gleich zur Staatsoper weiterfahren, weil sie zwei Karten für Verdis »Otello« hatten, auf den sie sich schon seit Tagen freuten.

Wenn Marie ihr Gepäck endlich verschnürt hatte, hieß das noch lange nicht, dass sie mit dem Packen fertig war. Dazu muss man Folgendes wissen: Marie war eine echte Dame, die auch gut in einen der Wiener Nobelbezirke gepasst hätte. Zwar dezent, aber immer perfekt geschminkt, mit einem tadellos geformten Körper, der meist in schicken Designerklamotten steckte. Von dem, was um ihren Hals und an den Ohrläppchen hing und an ihren Fingern steckte, hätte so mancher Weinviertler monatelang leben können. Und selbst wenn sie ihr Styling während ihrer Safari-Reisen etwas reduzierte – verschmutzt, verschwitzt oder gar ungeschminkt hätte sie sich auch in Togo nie zum Abendessen hingesetzt. Das machte ihr die Entscheidung, was sie einpacken sollte, nicht gerade leichter. Und die Rucksäcke und Taschen erst recht nicht.

Vor allem, wenn Gustl sie drängte, fühlte sie sich besonders motiviert, den Inhalt ihres Gepäcks noch einmal zu überdenken. Sie hatte zwar ihre Listen, wo aufgeführt war, was sie, wenn sie eine ihrer Forschungsreisen antrat, alles mitnehmen musste. Da gab es eine Liste für die Reisen in heiße, tropische Länder, eine für die arktischen Zonen und eine weitere, auf der stand, was sie alles in Ländern brauchte, wo gerade Regenzeit war. Aber trotzdem: Liste ist gut, Kontrolle ist besser, dachte sie. Und während sie bockte, weil der Gustl sie drängte, kochte der Gustl, weil Mariechen so bockte.

»Manchmal bist du echt zum Speiben, Gustl. Du weißt genau, wie es um meine Gesundheit bestellt ist. Und du weißt auch, dass du mich wahrscheinlich nicht mehr lang haben wirst. Willst du mich bis zu meinem Lebensende hetzen? Wahrscheinlich wirst du auch noch die Bestatter hetzen, meinen Sarg so schnell wie möglich ins Grab zu lassen, weil du es ja immer so eilig hast.«

»Du bist so was von unfair, Mariechen. Hauptsache, ich fühl mich schuldig, und Hauptsache, ich habe ein schlechtes Gewissen ... Außerdem ist es sowieso ein Wahnsinn, dass du in deinem Zustand noch so weit verreisen willst. Du solltest dir das zehnmal überlegen!«

»Der Doktor hat es mir erlaubt. Und meine Entscheidung ist gefallen. Basta!«

Gustl wusste natürlich, dass er sich die letzten Sätze hätte sparen können. Wenn Marie einen Entschluss gefasst hatte, dann stand der. Und wenn man auf sie einredete, dann schaltete sie nur noch mehr auf stur.

Obwohl ... Marie hatte natürlich selbst Zweifel, ob diese Reise eine gute Idee war. Jedes Jahr flog sie an ein anderes Ende der Welt und kam mit Tausenden Fotos und mit einigen toten Exemplaren exotischen Ungeziefers zurück. Marie war einfach besessen von der Beobachtung und Zuordnung dieser Geschöpfe, und kein Jahr verging, in dem sie nicht wieder etwas entdeckte und dazulernte. Manchmal hielt sie sogar Vorträge über ihre Aktivitäten, und sie hatte sich selbst in Fachkreisen als Hobbyentomologin einen Namen gemacht.

Doch diese Reise war eine ganz besondere, denn es sollte ihre letzte werden. Seit der Diagnose »Bauchspeicheldrüsenkrebs« wusste Marie, dass ihr Leben nicht viel länger dauern würde als die zweiundfünfzig Jahre, die ihr bisher vergönnt gewesen waren. Scheiße. Eigentlich war ihr Leben gut. Sie hatte viel Glück gehabt. Privat, na ja, das ging so. Der Gustl war vielleicht nicht die große Liebe, aber zumindest war auf ihn Verlass. Und Kindersegen hatte sich bedauerlicherweise auch keiner eingestellt, anders als bei Fini, die zwar einen Sohn hatte, dafür aber keinen Mann. Aber beruflich lief ihr gesamtes Leben wie am Schnürchen. Und nun das. Ein negativer Lottosechser. Erst ein wenig Bauchweh, dann Übelkeit, ab und zu Durchfall. Und dann sagt dir einer, dass du todkrank bist und nur noch wenige Monate zu leben hast. Echt arg. Auf einmal musst du entscheiden, wie du damit fertigwirst und wie du diese restlichen Monate verbringen möchtest. Da hatte Marie gedacht, dass sie ihr Leben nicht ändern wollte, solange ihr Körper dies noch zuließ. Drei Wochen Afrika, das könnte sich noch locker ausgehen. Zur Weintaufe würde sie wieder zurück sein. Es würde ein ruhiger Winter werden. Die Frühlingsblüten würde sie noch einmal erleben. Ob sie es noch bis zur Weinlese schaffte, das lag in Gottes Händen.

Das Anwesen der Kleists stand auf einem Lösshügel, etwa zwei Kilometer außerhalb des Weindorfs Niederfeld. Sie hatten einen herrlichen Ausblick, erst über die Weinhänge und die Dächer der kleineren Winzer im Dorf und weiter über die Donau bis zu den Alpen. Fini Weber hingegen, Maries Schwester, hatte einen der Weinkeller an der Kellergasse gekauft und das Presshaus in eine einzigartige Wohnung verwandelt, so ungewöhnlich, wie es sie in der Kellergasse bestimmt kein zweites Mal gab. Dort lebte sie mit ihrem Sohn Clemens, der täglich nach Klosterneuburg fuhr, wo er die Weinbauschule besuchte.

Geld spielte offensichtlich hier wie dort keine große Rolle. So wie Marie hatte auch Fini ihren Anteil am Weinimperium. Sie war so etwas wie die stellvertretende Chefin. Aber obersten Chef gab es im Weinbaubetrieb Kleist nur einen, und der hieß Marie.

Auf dem Weg zur Fini saß Marie bereits im Fond des Autos. Was Gustl überhaupt nicht recht war, fühlt man sich doch immer wie ein Chauffeur, wenn niemand neben einem, sondern nur dahinter sitzt. Dass Gustl auch noch einen schwarzen Anzug trug, passte dazu. Fehlte nur noch die Schirmmütze.

Auch Fini war etwas echauffiert, weil die beiden so spät auftauchten. Aber ihr Einwand, dass man vielleicht die Opernaufführung, zumindest den ersten Akt, versäumen würde, stieß bei Marie genauso wenig auf Verständnis wie Gustls zuvor geäußerte Bedenken.

»Ich verstehe ja überhaupt nicht, Mariechen, warum du nicht morgen früh den Flieger nach München nimmst. Dein Flug nach Togo geht ohnehin erst am frühen Nachmittag. Da hättest du morgens noch bequem hinfliegen können. Hättest ja in einem Hotel in Wien übernachten können.«

»Lass mich doch einfach in Ruhe, Gustl.«

Ende der Debatte.

»Vergesst übrigens nicht, den neuen Wein-Folder gleich übermorgen beim Grafiker in Auftrag zu geben. Gedruckt wird aber erst, wenn ich zurück bin. Ich will mir alles vorher noch einmal anschauen.«

»Ja, Mariechen.«

»Und vergiss nicht, die Gärgasmessung im Keller immer gut zu kontrollieren. Nicht dass da wieder einer runtergeht und uns umkippt.«

»Ja, Mariechen. Aber es gibt keine Gärgase mehr.«

»Lass das Kontrollgerät trotzdem noch ein paar Tage eingeschaltet. Nicht dass da doch noch was passiert!«

»Ja, Mariechen.« Da hatte er allerdings schon einen ziemlichen Kropf.

»Und du, Fini, denkst du eh dran, noch fünfzigtausend Leerflaschen nachzubestellen?«

»Ja, Marie …«

Obwohl Gustl so fest es ging aufs Gas stieg, waren sie kurz davor, den Zug zu verpassen. Darum halfen Fini und Gustl trotz ihres Zeitdrucks und trotz Opernmontur noch mit, Maries Gepäck im Eiltempo zum Bahnsteig zu schleppen. Dort gab es dann doch noch eine herzliche Umarmung, ein »Gute Reise«, »Melde dich!« und »Komm wieder heil zurück«. Aber das ging alles sehr schnell, sehr gehetzt, denn zur Oper wollte man unbedingt pünktlich kommen.

In Windeseile verließen Fini und Gustl den Bahnsteig, noch einmal kurz umgedreht, noch einmal gewinkt, und schon saßen sie im Wagen, der nun deutlich schneller als erlaubt in Richtung Oper raste. Nur wenige Minuten bevor sich der Vorhang für Otello öffnete, brausten sie in die Operngarage hinunter, zum Parkplatzsuchen war nun wirklich keine Zeit mehr. Die Jacken ließen sie im Auto, um sich nicht auch noch an der Garderobe anstellen zu müssen. Und gerade, als die Türen zum Opernsaal geschlossen wurden, schafften sie es, hineinzuhuschen und ihre Plätze einzunehmen. Im nächsten Moment gingen die Lichter aus, und der Vorhang wurde hochgezogen. Im Publikumssaal herrschte absolute Stille.

Wer ahnte schon, dass sich noch während der Opernaufführung nur unweit des Anwesens der Kleists eine noch viel dramatischere, weil reale Szene abspielte. Eine Szene zwischen einem Mann und einer Frau.

Es war ungefähr halb neun am Abend, als die Frau das alte hölzerne Eingangstor eines kleinen Gehöfts öffnete, das Teil einer Siedlung war, so klein, dass für Ortsanfang und Ortsende ein gemeinsames Schild fast gereicht hätte.

Der Mann, der hier wohnte, lag wie fast immer um diese Zeit auf seinem Bett, die Kopfhörer aufgesetzt, ein Glas Whisky neben sich. Das Licht war gedämpft, der Aschenbecher quoll über. Die Reste einer Leberkäsesemmel lagen noch auf einem kleinen Teller neben dem Bett. Es waren AC/DC und die Stimme von Bon Scott, die ihn mehr oder minder von der Außenwelt abtrennten.

Der Mann merkte nicht gleich, dass die Haustür aufging und die Frau das Vorhaus betrat. Erst nachdem sie ihre Jacke abgelegt und die Schuhe ausgezogen hatte, ins Zimmer kam und sich neben ihn auf das Bett setzte, nahm er Notiz von ihr. Sie schenkte ihm ein verliebtes Lächeln und strich ihm durchs Haar. Doch dann machte sie sich ohne Umschweife daran, ihm Hemd und Hose auszuziehen, und öffnete den Reißverschluss ihres Kleides. Und als sie beide vollkommen entkleidet waren, stieg sie zu ihm ins Bett.

Zur selben Zeit griff Fini kurz nach Gustls Hand, denn in der Wiener Staatsoper steuerte das Stück gerade seinem Höhepunkt entgegen, als Otello sich zu Desdemona ins Bett begab.

Sicher lagen zu dieser Zeit Abertausende Liebes- und Ehepaare überall auf der Welt in ihren Betten und umarmten sich. Sicher ging es in dem ein oder anderen Bett auch etwas härter zur Sache, vermutlich legten gerade unzählige Männer ihre Hände an den Hals jener Frau, mit der sie sich gerade vergnügten. So auch Otello und der Mann unweit des Anwesens der Kleists.

Aber nur Otello und jener Mann drückten immer fester und fester zu, immer schonungsloser, bis dem Atem der Weg gänzlich versperrt war. Und nur Desdemona und die besagte Frau kämpften nun um ihr Leben, schlugen um sich und verschluckten sich an ihren Schreien, bis sie schließlich den Kampf verloren.

Der Vorhang fiel, das Publikum war begeistert. Alle sprangen von den Sitzen, tosender Applaus. Auch Fini und Gustl hielt es nicht auf ihren Plätzen. Und während sie sich ihre Hände heiß klatschten, lag nur wenige Kilometer von ihren Wohnstätten entfernt der Körper einer leblosen Frau im Bett ihres Mörders.

ZWEI

Die Ameseder Loisi war so was wie eine Einsiedlerin. Sie bewohnte eine kleine Keusche am Waldrand, und zwar ganz allein, seit ihre Mutter vor fast zwei Jahrzehnten verstorben war. Die bald Siebzigjährige stammte, wie man sich erzählte, von einem russischen Besatzungsoffizier, der ihrer Mutter Avancen gemacht hatte. Sie war also nicht das Produkt einer Vergewaltigung, oh nein! Die große Liebe war es aber offensichtlich auch nicht gewesen. Denn nachdem der Russe in seine Heimat rückbeordert worden war, hatte Loisi nie wieder etwas von ihm gehört.

Ihre Mutter war übrigens ebenfalls so etwas wie ein Kollateralschaden gewesen. Deren Mutter war nämlich 1917 zur Zeit der Kerenski-Offensive in einem Lazarett in der Nähe von Riga als Krankenschwester im Einsatz gewesen. Zwischen zwei Beinamputationen hatte sie den OP-Raum verlassen, um im Garten ein wenig zu verschnaufen. Da entdeckte sie zwischen den Büschen einen Mann, abgemagert und von einer Schussverletzung gepeinigt. Der Mann war in Zivil, doch stellte sich rasch heraus, dass er Russe war. Offensichtlich ein Anhänger des Zaren, der vor den Bolschewiki auf der Flucht war.

Da sie nicht so recht wusste, was sie mit dem Russen anfangen sollte, nahm sie ihn mit, versteckte ihn bei sich und pflegte ihn quasi außer Dienst. Wahrscheinlich hatte der Mann Loisis Großmutter sein Leben zu verdanken. Das hinderte ihn aber nicht, als er wieder bei Kräften war, seine Lebensretterin so lange zu vögeln, bis sie schwanger war und selbst das Weite suchen musste.

Zuerst wollten sich Loisis Großmutter und ihr Russe gemeinsam bis nach Österreich durchschlagen. Aber eines Abends ging der Russe weg, weil er hoffte, noch ein wenig

Wodka besorgen zu können. Loisis Großmutter wartete und wartete. Aber der Russe ward nie mehr gesehen. Ein Klassiker auf Russisch. So musste sich die schwangere Frau allein durchschlagen. Und es dauerte Monate, bis sie die Heimat erreichte. Zwei Monate später kam ihre Tochter, Loisis Mutter, zur Welt.

Loisi hatte sich zeitlebens ihren Unterhalt mit Kleindienstleistungen verdient. Ein bisschen putzen, ein bisschen nähen, ein bisschen stricken, ein bisschen Garten pflegen, ein bisschen Kinder hüten. Inzwischen erhielt sie eine Pension ostblockähnlichen Ausmaßes, aber sie kam damit aus. Sparsamkeit und Genügsamkeit hatten schon immer zu ihren Stärken gezählt.

Geldarbeit verrichtete sie in den letzten Jahren nur noch ganz selten, in Ausnahmefällen strickte sie für jemanden einen Pullover, denn das konnte sie wirklich gut. Ihre Hauptbeschäftigung aber war die Pflege des Friedhofs von Niederfeld, weshalb sie von den Dorfbewohnern scherzhaft »die Leichen-Loisi« genannt wurde.

Alles, was nicht unmittelbar zu den Gräbern gehörte, wurde von der Loisi auf Vordermann gebracht. Rasenmähen, den Kies auf den Wegen rechen, jeden Herbst Laub aufsammeln … Wer hätte das alles getan, wenn nicht die Loisi? Und keiner dankte es ihr so richtig. Abgesehen davon, dass der Pfarrer sie in seiner Dankespredigt zum Jahreswechsel erwähnte, kam kein Mensch auf die Idee, der Leichen-Loisi einmal ein kleines Geschenk zu machen, sie irgendwie zu ehren oder einfach Danke schön zu sagen. Lediglich Hemma, die Schwester des Pfarrers, die auch seine Haushälterin sowie Mesnerin und Organistin war, lud sie hin und wieder auf eine Tasse Kaffee ein, damit Loisi sich von den Friedhofsmühen ein wenig erholen konnte. Aber auch, um Loisi die Gelegenheit zu geben, sich ihre Sorgen und Gedanken ein wenig von der Seele zu reden. Denn zum Reden hatte die Leichen-Loisi eigentlich kaum jemanden.

Es war daher auch kein Wunder, dass Loisi die Hemma als Freundin, ja, ihre Vertraute betrachtete. Und noch weniger wunderte es, dass Loisi die Hemma mitten in der Nacht aus dem Bett klingelte, nachdem sich Folgendes zugetragen hatte.

Die Leichen-Loisi war an und für sich eine furchtlose Frau. Wer oft bis spät in die Nacht allein auf dem Friedhof arbeitet, der fürchtet weder Tod noch Teufel. Darum hatte sich die Loisi auch nicht einfach unter der Bettdecke verkrochen, als sie eines Nachts ein lautes Scheppern hörte. So als hätte jemand vor dem Haus ihren Schubkarren umgestoßen. Tiere aus dem Wald machten so etwas nicht. Jemand musste um ihr Haus geschlichen sein und dabei den Schubkarren übersehen haben.

Wie von einer Gans gebissen sprang Loisi aus dem Bett, zog sich ihren Anorak über das Nachthemd und band noch schnell ein Kopftuch um, denn ohne Kopftuch ging die Loisi niemals aus dem Haus. Dann schlüpfte sie in ihre dicken Holzschlapfen, was ihre Gesamtgröße von circa einem Meter fünfzig auf eins fünfundfünfzig hochschnalzen ließ, und lief vor die Haustür.

Tatsächlich lag der Schubkarren umgestürzt neben dem Gartenzaun. Sonst fiel ihr im ersten Moment nichts Ungewöhnliches auf, bis sie sah, dass die Tür des Schuppens offen stand. Sie selbst hätte nie vergessen, die Schuppentür abzuschließen. Es musste folglich jemand anderer im Schuppen gewesen sein. Oder vielleicht war der Kerl sogar immer noch drinnen?

Loisi ging zurück ins Haus, um sich eine Taschenlampe zu holen. Dann schlich sie mit einem Stock bewaffnet zum Schuppen hinüber.

»Ist da wer?«

Doch es war mucksmäuschenstill. So führte sie den Lichtkegel ihrer Taschenlampe durch den gesamten Raum, bis sie sicher war, dass keine Menschenseele mehr da war. Aber dass jemand hier gewesen war, dessen war sie sich sicher.

Bevor sie wieder ins Bett ging, überprüfte sie noch den Inhalt ihres Schuppens. Denn wer schlich sich schon mitten in der Nacht da hinein, wenn er nicht vorhatte, etwas zu stehlen?

Und tatsächlich fehlte die Spitzschaufel, die sie erst unlängst in einem Baumarkt gekauft hatte.

»Verdammte Drecksau!«, entfuhr es Loisi, denn für eine Spitzschaufel musste sie ganz schön lange stricken.

Das hieß aber noch nicht, dass Loisi die Schaufel gleich abschrieb. Der Kerl konnte noch nicht weit sein. Wahrscheinlich war er ja zu Fuß unterwegs, Motorgeräusche hatte sie keine vernommen. So lief sie erst ein paar hundert Meter den Hohlweg entlang, der ihre Keusche mit der Bundesstraße verband, bis sie plötzlich in einer Waldlichtung die Scheinwerfer eines Fahrzeugs wahrnahm. Um selbst nicht entdeckt zu werden, schaltete sie ihre Taschenlampe aus. Geschmeidig wie eine Katze schlich sie durch das Unterholz auf die Lichtung zu. Und dort sah sie es. Ein Mann hob mit ihrer Spitzschaufel ein Loch aus. Daneben lag eine Schaufel mit abgebrochenem Stiel. Klar, dass der Mann damit nicht mehr weitergraben konnte und sich eine neue Schaufel hatte besorgen müssen. Und neben der Schaufel lag ein eingerollter Teppich, bei dem an einem Ende zwei Beine und am anderen ein Haarschopf herausragten.

Loisi erschrak bei dem Anblick, und zwar so sehr, dass sie ganz vergaß, auf ihre Deckung zu achten. Sie wich zurück und zertrat einen Ast, was den Mann aufhorchen ließ.

Aufgeschreckt, aber entschlossen sah er sich um. Dann ging er langsam, mit der Spitzschaufel bewaffnet, in jene Richtung, aus der das Geräusch gekommen war. Also auf die Loisi zu. In dem Moment begannen der so furchtlosen Loisi tatsächlich die Knie zu schlottern, gleichzeitig spürte sie einen unbändigen Harndrang. Doch diesem jetzt nachzugeben, wäre der absolut falsche Zeitpunkt gewesen.

Loisi sah, wie der Mann immer näher kam. Die Spitzschaufel hielt er wie einen Steinschlägel in seinen Händen, offenbar bereit, sofort damit zuzuschlagen. Der Mann näherte sich nur langsam, seine Blicke nach links und rechts ließen vermuten, dass er die Loisi noch nicht entdeckt hatte. Am ganzen Körper zitternd und dem immer stärker werdenden Harndrang gerade noch widerstehend, gelang es Loisi, sich im Unterholz zu verstecken. Dort lag sie nun wie eine tote Katze und hielt, als der Mann nur mehr zwei Meter von ihr entfernt war, sogar den Atem an. Jetzt erst blieb er stehen, schaute sich noch einmal nach allen Seiten um, dann senkte er endlich die Schaufel und ging zurück zu seinem Auto.

Sobald er weit genug entfernt war, kroch Loisi aus dem Geäst hervor und rannte los wie der Teufel. Dies bemerkte der Mann natürlich. Er ließ die Schaufel fallen, sprang in sein Auto und fuhr der Loisi hinterher.

Natürlich konnte die Loisi das alles nicht sehen, sie hatte weder Zeit noch Lust, sich umzudrehen. Aber sie hörte das Motorengeräusch. Zum Glück war ihr Vorsprung weit genug, dass sie sich gleich nach der ersten Kurve hinter einem Baum verstecken konnte. Und als das Auto an dem Baum vorbeiraste, kam die große Erleichterung.

Als sie sich wieder aufrichtete, saß ihr der Schock noch in allen Gliedern. Ein paar Minuten blieb sie hinter dem Baum stehen, als gehörte sie zum Inventar des Waldes, angewurzelt und regungslos. Still und stumm. Erst nach einiger Zeit fasste sie sich wieder, trat hinter dem Baum hervor und lief, so schnell sie nur konnte, den Hohlweg hinunter auf die Bundesstraße zu. Doch plötzlich hörte sie wieder ein Motorengeräusch, und in der Ferne sah sie einen sich nähernden Scheinwerferkegel. Der Mörder kam zurück, daran hatte sie keinen Zweifel. Da sie den Wald schon hinter sich gelassen hatte und weder Bäume noch Sträucher da waren, hinter denen sie sich verstecken konnte, warf sie sich geistesgegenwärtig in den Straßengraben. Kaum war der Wagen im Wald verschwunden, sprang sie auf und lief wieder los, so schnell, wie es ihre Holzschuhe zuließen. Sie rannte und rannte die Bundesstraße entlang bis hinunter nach Niederfeld. Um das Beste zu tun, was ihr in diesem Moment einfiel – Hemma! Hemma musste her. Und zwar unverzüglich.

Wahrscheinlich brauchte sie keine zwanzig Minuten für die zwei Kilometer bis zum Ortsschild, und im Nu war sie auch beim Pfarrhaus, wo sie ungeachtet der Tatsache, dass die Turmuhr gerade drei Uhr schlug, ohne Unterlass die Klingel drückte, an die Tür schlug und »Hemma! Hemma!« rief.

»Loisi, bist du ganz narrisch geworden? Warum machst du denn so einen Lärm mitten in der Nacht?«

»Komm schnell, Hemma! Da will einer eine Leiche vergraben!«

»Was ist los?«

»Jetzt komm schon, tummle dich. Da will einer eine Leiche vergraben! Oben im Wald.«

»Warte, ich zieh mir schnell was an.«

Es dauerte keine fünf Minuten, bis Hemma in Jacke und Jogginghose wieder zurück war. Beide stiegen in Hemmas roten Kadett, der nicht mehr der Jüngste, aber immer noch brav und zuverlässig war.

»So, jetzt beruhige dich. Und dann erzähl mir genau, was du gesehen hast«, verlangte Hemma, während sie mit Vollgas durchs Dorf brauste. Und Loisi berichtete detailgenau, was sich zugetragen hatte, vom Scheppern des Schubkarrens angefangen bis zu der eingewickelten Leiche. Vor allem aber, dass der Mörder auch sie hatte umbringen wollen und sie dem Tod schon in die Augen gesehen hatte.

»Da, jetzt rechts in den Wald!«

Und nachdem sie noch dreihundert Meter den Hohlweg entlanggehoppelt waren, rief Loisi ganz aufgeregt: »Bleib stehen! Da hinten muss es sein!«

Hemma zog die Handbremse an und stellte den Motor ab. Nachdem sie ausgestiegen waren, schauten sie sich um.

Im Wald herrschte gelassene Ruhe. Selbst die meisten Tiere schliefen noch. Nur zwischen den Ästen rauschte ein wenig der Wind.

»Und was jetzt?«, fragte Hemma etwas skeptisch.

»Keine Ahnung! Genau hier habe ich den Mann gesehen. Mit der Leiche im Teppich. Und mit meiner Spitzschaufel.«

Aber da war nichts mehr. Weder eine Leiche noch ein Totengräber. Keine Schaufel. Nur ein aufgegrabenes Loch.

»Sag, Loisi, bist du angesoffen?«

»Was heißt das? Ich habe es mit meinen eigenen Augen gesehen!«

»Loisi, da ist gar nichts. Nur ein Loch. Du phantasierst! Wahrscheinlich hast du schlafgewandelt. Dann hast du das Loch gesehen und dir eine Leiche und einen Mörder dazugeträumt. Da ist nichts, Loisi.«

»Aber schau dir dieses Loch doch an! Das hat genau die Form von einem Grab. Wozu würde man sonst hier so ein Loch graben?«

»Das weiß ich nicht, Loisi. Ich weiß nur, dass du dich den ganzen Tag auf dem Friedhof herumtreibst. Drum fängst du wahrscheinlich an, Gespenster zu sehen.«

»Hemma, pass auf. Erstens sehe ich keine Gespenster, ich weiß genau, was ich gesehen habe. Und zweitens: Was heißt hier herumtreiben? Du weißt genau, wie der Friedhof ohne meine Arbeit aussehen würde. Herumtreiben! Pass bloß auf!«

»So ist es ja nicht gemeint. Deine Arbeit schätze ich sehr. Wir alle. Aber wer dauernd bei den Leichen ist, dem kann es schon passieren, dass er nur mehr Leichen im Schädel hat.«

»Du glaubst also, dass ich narrisch bin. Ich weiß aber ganz genau, was ich gesehen habe. Hier hat ein Mann ein Loch gegraben. Mit meiner Spitzschaufel, die er mir aus dem Schuppen gestohlen hat. Und dann wollte er mich auch noch damit erschlagen.«

»Und wo ist die Leiche jetzt? Und die Spitzschaufel? Wo ist das alles?«

»Ich hab dir ja gesagt, dass er noch einmal zurückgekommen ist. Und dann hat er wahrscheinlich die Leiche eingepackt und ist abgehauen damit.«

»So, Loisi, jetzt beruhige dich. Es kann schon einmal passieren, dass man sich etwas einbildet …«

»Verdammt noch einmal, Hemma! Red nicht mit mir, wie wenn ich einen Klescher hätte. Er hat mitgekriegt, dass er beobachtet wurde. Verstehst du? Drum musste er zurückkommen, um die Leiche wieder abzuholen. Wahrscheinlich vergräbt er sie gerade ein paar Kilometer weiter.«

»Wie hat denn die Leiche überhaupt ausgeschaut?«

»Das weiß ich doch nicht. Die war ja eingewickelt. Da haben nur die Füße und die Haare herausgeschaut.«

»Aber als der Mann weggefahren ist, da hättest du dir doch die Leiche ein wenig genauer anschauen können. Du hättest zur Leiche hingehen können und nachschauen, ob du sie erkennst.«

»Spinnst du, ich war doch in Lebensgefahr! Ich bin um mein Leben gerannt, kapierst du das nicht?

»Loisi, entschuldige schon, da stehst du dreißig Meter neben einer Leiche, von der du glaubst, dass sie ermordet worden ist. Und dann schaust du nicht einmal nach, wer das ist? So deppert kannst du doch gar nicht sein!«

»Ich hab dir schon gesagt, dass du nicht so mit mir reden sollst, du Gurkn. Das muss ich mir nicht gefallen lassen!«

»Ja, passt schon, Loisi. Komm, steig ein, ich bring dich jetzt heim. Und morgen können wir ja weiterreden. Du musst jetzt ins Bett. Und ich auch.«

»Du glaubst mir nicht, Hemma«, sagte Loisi betrübt und mit gesenktem Kopf. »Ich hab immer gedacht, dass wir gut miteinander auskommen. Aber in Wirklichkeit hältst du mich für ein deppertes Weiberleut. Ich bin sehr enttäuscht von dir.«

»Geh, Loisi, komm! Wir sind Freundinnen. Aber auch eine Freundin kann sich einmal etwas einbilden. Das ändert nichts zwischen dir und mir. Komm jetzt! Außerdem ist morgen Sonntag, du weißt ja, dass ich da immer irrsinnig viel zu tun habe.«

Hemma wollte Loisi am Arm fassen, um sie zu motivieren, endlich ins Auto zu steigen. Aber Loisi riss sich los.

»Bei dir steige ich bestimmt nicht mehr ein. Ich geh zu Fuß. Und außerdem will ich überhaupt nichts mehr mit dir zu tun haben.«

Das waren ihre letzten Worte für diese Nacht. Gekränkt kehrte sie Hemma den Rücken zu und lief zurück zu ihrer Keusche.

Hemma tat das Ganze unglaublich leid. Der Ärger darüber, dass Loisi sie um drei Uhr früh völlig unnötig aus dem Schlaf gerissen hatte, war inzwischen gänzlich verflogen. An seine Stelle trat nun Mitleid. Und die Angst, dass die Loisi auf ihre alten Tage tatsächlich zu spinnen anfing.

Auf dem Heimweg fuhr sie besonders langsam, um sich das Erlebte noch einmal durch den Kopf gehen zu lassen. Immerhin, das Erdloch sah wirklich wie ein nicht zu Ende geschaufeltes Grab aus. Man könnte die Sache ja auch aus einem anderen Blickwinkel betrachten. Was, wenn die Loisi doch nicht phantasierte?

Erst einmal drüber schlafen, dachte sie sich. Leiche oder doch keine Leiche? Mord oder doch kein Mord? Morgen würde sie es wissen.

DREI

Überall in der mitteleuropäischen Zeitzone war es um diese Jahreszeit bereits sieben, wenn die Kirchturmuhr in Niederfeld nur sechs Mal schlug. Und wenn es überall sonst halb neun war, begann die Frühmesse hier pünktlich um halb acht. Doch dazu kommen wir noch.

Jedenfalls musste Hemma an diesem Tag, so wie an allen anderen Tagen auch, mit dem Sechs-Uhr-Schlag der großen Glocke aufstehen. Ihr Morgenritual lief immer ähnlich ab. Gleich nach dem Aufstehen setzte sie den Kaffee auf. Dann verschwand sie im Bad, wo sie sich auf Hochglanz polierte.

Hemma war eine Frau, von der manche sagen würden: Die muss einmal sehr schön gewesen sein. Andere, die Schönheit nicht mit Jugend verwechselten, würden das anders sehen. Sie würden noch immer Hemmas feines, gerade geschnittenes Gesicht erkennen, das zwar von einigen wenigen Falten gezeichnet war, aber nicht mehr, als es der Stolz einer Frau Anfang fünfzig zuließ. Ihre Augen waren zart und warm. Ihr schulterlanges, gelocktes Haar hatte nur wenige, durchaus elegante weiße Strähnen. Und ihre Figur war noch immer in Form. Hätte man ihr Gesicht abgedeckt und den Rest des Körpers entblößt, hätte man sie genauso gut zehn bis fünfzehn Jahre jünger schätzen können. Aber wer bekam dazu schon die Gelegenheit …

Kaum war sie aus dem Badezimmer, weckte Hemma ihren Bruder, den Pfarrer. Ihren ersten Kaffee trank sie mehr oder minder im Stehen, denn spätestens um halb sieben musste sie in der Kirche sein. Wie gesagt, sie war ja nicht nur die Schwester des Pfarrers, sondern auch noch seine Haushälterin, Mesnerin und zugleich die Organistin. Daneben leitete sie auch noch den Kirchenchor, und für die Ausbildung und Organisation der Ministranten war sie ebenfalls zuständig.

Gerade die jungen Cowboys – so nannte Hemma ihre Ministranten, weil vor allem Buben in diesem Alter das so gern hörten und es dadurch nie zu einem Mangel an Ministranten kam –, also die jungen Cowboys machten ihr nicht nur Freude, sondern auch immer wieder Arbeit. Wobei das bis vor fünfundzwanzig Jahren noch viel schlimmer gewesen war. Denn ihr Bruder, den man ohne schlechtes Gewissen als einen recht konservativen Steinschädel bezeichnen konnte, hatte bis zu diesem Zeitpunkt noch darauf bestanden, dass die Messe auf Latein gelesen wurde. In dieser Hinsicht war er einer der Allerletzten in Österreich, die sich umgestellt hatten, wenn nicht der Letzte überhaupt.

Damals hatte es natürlich nur Buben als Ministranten gegeben. Und zwar so lange, bis der Bischof ihn schriftlich aufgefordert hatte, auch Mädchen für den Messdienst zuzulassen. Die Bezeichnung »junge Cowboys« behielt Hemma trotzdem bei. Jetzt gab es halt Buben- und Mädchen-Cowboys.

Umstellen war überhaupt etwas, was dem Pfarrer Gruber schwerfiel. Außerdem glaubte er auch immer, eigene Wege gehen zu müssen.

Um noch einmal auf die Kirchturmuhr zurückzukommen: Pfarrer Gruber war der Meinung, dass die Sommerzeit richtigerweise schon Ende September beendet werden müsste. Daher stellte er die Kirchturmuhr schon immer am letzten Wochenende im September um, und zwar so, wie es sich gehörte, von Sonntag drei Uhr auf zwei.

Die Messe begann natürlich auch in dieser Zeit exakt um halb acht und das Hochamt am Sonntag um halb zehn. Und zwar dann, wenn die Kirchturmuhr diese Zeiten anzeigte. Natürlich stiftete das immer wieder Verwirrung unter den Gläubigen, manche kamen eine Stunde zu früh, andere zu spät, andere kamen gar nicht. Und es war nicht nur auf der Weiberseite so, dass die Bänke sich etwas lichteten, auf der Männerseite war es genauso. Das pendelte sich erst wieder ein, wenn sich Ende Oktober die Uhren in der restlichen Zeitzone der Kirchturmuhr von Niederfeld wieder angepasst hatten.

Die lateinischen Messen hatten damals übrigens nicht nur den Nachteil, dass kein Mensch etwas verstand. Die armen Cowboys ereilte zusätzlich das Schicksal, dass sie lateinische Gebete auswendig lernen mussten. Und Hemma, die ihre Lehrerin war, traf das Schicksal gleich mit. Das »Credo« und das »Paternoster« gingen ja noch einigermaßen. Aber das »Suscipiat« war ein echter Zungenbrecher. Und es hatte Hemma und ihre Cowboys oft sehr, sehr viel Zeit gekostet, bis es endlich locker rauf und runter aufgesagt werden konnte.

Nachdem Hemma die Kirche aufgesperrt hatte, begab sie sich gleich in die Sakristei. Als Erstes richtete sie das Messgewand für den Pfarrer her.

Pfarrer Gruber besaß in allen liturgischen Farben je ein Messgewand, also in Weiß, Rot, Grün, Violett, Schwarz und Blau. Nur in Rosa hatte er keines, das war ihm wahrscheinlich zu wenig männlich. Die Farben wurden nie zufällig ausgewählt, an jedem Tag und zu jedem Anlass musste eine bestimmte Farbe getragen werden. Schon längst brauchte Hemma ihr schlaues Bücherl mit den Farbanweisungen nicht mehr, das wusste sie alles auswendig.

Die Cowboys hatten weniger Auswahl, für sie gab es nur weiße, schwarze, grüne, violette und rote Gewänder. Auch die mussten für zwei, vier oder acht Ministranten, je nach Feierlichkeit der Messe, von Hemma aufgelegt werden.

Anschließend bereitete sie die Messutensilien vor. Das Messbuch, die Klingeln, die Kännchen für Wasser und Wein. Dann wurde der goldene Kelch mit Hostien gefüllt und im Tabernakel verwahrt. Schließlich wurden die Kerzen entzündet.

Dann begab sich Hemma hinauf auf das Kirchenchor,

wo sie das Musikprogramm zusammenstellte und für den Kirchenchor – man beachte den Unterschied von der und das – die Noten verteilte.

Die Schalter für die Kirchenglocken waren gleich neben der Orgel angebracht. Eine Viertelstunde vor Messbeginn ließ Hemma nur eine mittelgroße Glocke bimmeln. Zum Einläuten der Messe gab es dann aber volles Programm.

Nach der Messe, wenn alles verstaut und die Ordnung wiederhergestellt war, leerte sie Sonntag für Sonntag den Klingelbeutel und zählte die gespendeten Münzen. Danach erst konnte sie endlich das Frühstück herrichten, das sie gemeinsam mit ihrem Bruder zu sich nahm.

Dieses Mal musste sie sich allerdings beim Frühstücksgespräch ein paar Vorwürfe anhören.

»Was war heute los mit dir? Einmal hast du dich total verspielt, zweimal hast du den Einsatz verpasst. Außerdem hast du die beiden Messkännchen verwechselt. Dadurch habe ich das Wasser getrunken und mit dem Wein habe ich mir die Finger gewaschen. Jeder, dem ich dann eine Hostie in den Mund geschoben habe, hat sofort gemerkt, dass meine Finger total nach Wein stinken. So was geht einfach nicht!«

»Dann stell doch endlich auf Handkommunion um, Pepperl. Bist eh der Letzte in Österreich, der den Leuten noch die Hostien in den Mund schiebt.«

Aber davon wollte der Pfarrer nichts hören. Er stand auf, streckte seinen hochgewachsenen, schlaksigen Körper einmal kräftig durch, fuhr sich durch seine grauen Locken und verkroch sich mit der Sonntagszeitung in seinem Lehnstuhl.

Tatsächlich war es kein Wunder, dass Hemma bei dieser Morgenmesse völlig unkonzentriert gewesen war. Schließlich hatte sie, nachdem sie aus dem Wald zurückgekehrt war, kaum mehr einschlafen können. Bis zum Aufstehen hatte sie sich nur im Bett gewälzt. Und gewälzt hatte sie auch ihre Gedanken, immer mit der Frage verbunden, ob die Leichen-

Loisi phantasierte oder ob sie wirklich eine Leiche und deren Mörder gesehen hatte. Doch jetzt, da das Frühstück weggeräumt war und bis zum Hochamt noch etwas Zeit blieb, wusste sie, was zu tun war, um der Sache auf den Grund zu gehen.

Immer wenn Hemma vor ganz wichtigen, entscheidenden Fragen stand, ging sie hinüber in die Kirche. Erst setzte sie sich an die Orgel und spielte sehr monotone, bassorientierte Töne, mit denen sie gregorianische Choräle begleiten würde, wenn man gregorianische Choräle begleiten würde.

Ergriffen von diesen Klängen ging sie dann durch das Kirchenschiff nach vorn und kniete nicht auf der rechten Seite vor dem Herz-Jesu-Altar, sondern links vor dem Altar der heiligen Muttergottes nieder. Hier begann Hemma einen Rosenkranz zu beten, was wiederum eine sehr eintönige Angelegenheit ist. Doch sie schaffte es dadurch, sich völlig in Trance zu versetzen.

Hemma war weder so naiv noch gläubig genug, um zu meinen, dass sie auf diese Weise mit dem Himmel, dem Jenseits oder gar mit der Gottesmutter direkten Kontakt aufnehmen konnte. Ja, selbst die Vorstellung, dass es hier eine Heilige gab, bei der man sich etwas wünschte und die dann dem lieben Gott alle möglichen und unmöglichen Wünsche vortrug, war ihr suspekt.

Aber das alles hinterfragte sie gar nicht. Es ging ihr nur um das Wesentliche, nämlich darum, dass sie stets eine Antwort hatte, wenn sie aus ihrem Dämmerzustand wieder aufgewacht war. Und diese Antwort hatte sie auch diesmal, als sie nach mehreren Minuten die Augen wieder öffnete: Loisi spinnt nicht. Es muss einen Mord gegeben haben.

Da sich Hemma am Sonntagnachmittag immer frei nahm und diese Gelegenheit meist mit einem ausgiebigen Spaziergang verband, verließ sie gleich, nachdem sie das Mittagsgeschirr weggeräumt hatte, den Pfarrhof. Sie wollte nicht mit dem Kadett zur Lichtung fahren, zu der sie letzte Nacht von der Loisi geführt worden war. Spazierengehen ist eine meditative Angelegenheit, und das war genau das, was sie nun brauchte.

Hemma ging gemächlich. Erst nach einer halben Stunde kam sie zum Hohlweg, und es dauerte noch ein paar weitere Minuten, bis sie endlich den Wald und schließlich ihr Ziel, die Lichtung, erreichte.

Ja, hier war vor Kurzem erst aufgegraben worden, an den Wänden der Grube konnte man das sehen. Die daneben aufgehäufte Erde sah auch noch ganz frisch aus. Und würde man ein Grab schaufeln, dann hätte es exakt diese Maße.

Loisis Frage, warum hier jemand ein Loch graben sollte, wenn er nicht eine Leiche vergraben möchte, hatte schon ihre Berechtigung.

Als Nächstes suchte Hemma die Umgebung nach Reifenspuren ab. Doch das war vergebens. Selbst wenn ein Auto hier gewesen wäre, hätte man auf dem Herbstlaub keine Spuren mehr gefunden. Ein Traktor, ja, der hätte sich schon ein wenig eingegraben, da hätte man was gesehen. Aber ein Pkw mit Sommerreifen, der hinterließ keine Spuren im Laub, welche die Natur nicht schon nach kürzester Zeit wieder verwischte. Und Loisi hatte von einem Pkw gesprochen.

Doch plötzlich fiel ihr etwas auf, das sie nun doch hochinteressant fand. An einem Baumstumpf, gleich neben der Stelle, wo das Auto gestanden haben musste, fand sie einen kleinen roten Fleck. Und bei genauerem Hinsehen kam ihr der Verdacht, dass es sich dabei um Blut handeln könnte.

Sofort begann Hemma zu rekonstruieren: Wenn das Opfer in einen Teppich eingerollt war, dann war es zu diesem Zeitpunkt natürlich schon tot. Also gab es keinen Herzschlag mehr, und Wunden, die infolge des Mordes entstanden waren, bluteten nicht mehr. Wenn aber die Leiche von ihrem Mörder aus dem Wagen gezogen worden und dabei der Kopf des Opfers auf diesem Baumstumpf aufgeschlagen war, dann könnte dies durchaus einen Blutfleck zur Folge haben. Das Ganze musste sofort untersucht werden.

Eigentlich hatte Hemma auch noch gleich die Loisi besuchen wollen, um sich wieder mit ihr zu versöhnen. Doch in Anbetracht dieses Fundes musste jetzt so schnell wie möglich der Hubert her. Gruppeninspektor Hubert Güntschl, der Postenkommandant von Niederfeld.

Auf dem Rückweg ging Hemma eindeutig schneller, denn jetzt durfte nicht mehr rumgetrödelt werden. Ohne anzuklopfen, betrat sie die Diensträume des Polizeipostens, wo sie zwei jüngere Polizeibeamte beim Zeitunglesen vorfand.

»Grüß euch. Ist der Hubert da?

Die Beamten legten ihre Zeitungen ab, und einer sagte: »Nein, Fräulein Hemma, der hat heute frei.«

Und der andere fügte hinzu: »Wahrscheinlich ist er zu Hause, Frau Thom.«

In diesem Moment konnte sich der erste Beamte das Lachen kaum noch verkneifen. Hemma jedoch setzte eine finstere Miene auf und korrigierte den jungen Mann, der erst vor Kurzem seinen Dienst in Niederfeld angetreten hatte. Ihr Ton ließ keinen Widerspruch zu: »Gruber. Hemma Gruber, merk dir das. Du darfst aber auch Fräulein Hemma zu mir sagen.«

»Aber ich dachte …«

Der junge Mann hatte aber nicht mehr die Gelegenheit, sich zu rechtfertigen, denn schon knallte Hemma hinter sich die Tür zu.

Der Kollege aber klärte ihn auf. Nämlich, dass Hemma in ihrer Freizeit auch immer wieder gern im Dorfheurigen saß und beim Bauernschnapsen auch gern einen zwitscherte. Und es war nicht nur einmal passiert, dass Hemma ziemlich angedudelt auf ihrem Heimweg vom Fahrrad gefallen war. Die Verletzungen waren meist nicht schlimm, nur einmal hatte sie danach ein deutlich sichtbares blaues Auge gehabt. So war der Spitzname Hemma Thom entstanden, der sich sehr schnell in der Gegend herumgesprochen hatte. Hemma wusste, dass die Leute sie hinter ihrem Rücken so nannten. Aber ins Gesicht sagte man ihr das besser nicht.

Da Hemma den Hubert sehr gut kannte, hatte sie auch keine Hemmungen, am Sonntagnachmittag, obwohl er dienstfrei hatte, an seine Haustür zu klopfen. Allerdings erwischte sie Hubert gerade bei seinem Mittagsschlaf, und es dauerte ein paar Minuten, bis er seinen stattlichen Körper in die Senkrechte gebracht, das Hemd zugeknöpft und seinen Schnurrbart zurechtgezupft hatte.

»Hallo, Hemma, was gibt es? Magst du reinkommen, ich mach dir einen Kaffee.«

»Keine Zeit, Hubert, du musst mitkommen, wir haben wieder einen Mord.«

Das »wieder« bezog sich darauf, dass es ein Jahr zuvor schon einmal einen Mord in Niederfeld gegeben hatte. Eine junge Lehrerin war tot im Bachbett aufgefunden worden. Nackt und erwürgt. Hubert war damals vom Bezirkskommandanten sehr gelobt worden, weil er den Mord so rasch aufgeklärt hatte. Es waren zwei ehemalige Schüler der Lehrerin gewesen, die sie vergewaltigt und umgebracht hatten. In Wirklichkeit hatte Hubert sämtliche Tipps von Hemma bekommen. Diese wiederum hatte auch damals weitergegeben, was ihr die Himmelmutter so geflüstert hatte. Oder nennen wir es »Intuition in Trance«.

»Was ist passiert?«

»Die Leichen-Loisi hat in der Nacht ein Geräusch gehört. Darauf ist sie in den Wald gegangen und hat gesehen, dass da einer eine Leiche vergräbt. Aber der Typ ist abgehauen, als er sie bemerkt hat. Dann hat sie mich geholt. Und wir sind zusammen wieder hingefahren. Nur hatte der Mörder in der Zwischenzeit die Leiche wieder abgeholt.

Wahrscheinlich hat er sie jetzt woanders vergraben. Also komm jetzt!«

»Entschuldige, Hemma, heißt das, dass du die Leiche gar nicht gesehen hast? Vielleicht hat sich die Leichen-Loisi das ja alles nur eingebildet.«

»Sicher nicht. Komm jetzt endlich. Und nimm eine Säge mit.«

Hubert war vielleicht ein bisschen neugierig, aber doch sehr skeptisch und jedenfalls relativ unwillig, seine Sonntagsruhe zu unterbrechen und mit Hemma in den Wald zu fahren. Aber er tat ihr den Gefallen, hatte er doch erlebt, dass Hemma, was ihre Intuitionen anbelangte, ziemlich verlässlich war.

In der Lichtung angekommen, tat Hubert nichts, was Hemma nicht auch schon getan hätte. Er betrachtete die Grube, bei der er zugeben musste, dass sie die Form eines Grabes hatte. Dann schaute er nach Reifenspuren, die er genauso wenig fand wie Hemma zuvor. Erst dann machte ihn Hemma auf den Blutfleck auf dem Baumstumpf aufmerksam.

»Jetzt nimm deinen Fuchsschwanz, du musst den Blutfleck heraussägen und ins Labor schicken. Wir können da jetzt nicht warten, bis die Spurensicherung da ist.«

»Hemma, es wird auch keine Spurensicherung kommen, da ist nichts, was auf einen Mord hindeutet. Und Leiche haben wir auch keine. Auch keine Vermisstenmeldung. Und das Blut kann von einem angeschossenen Tier stammen, ich kann das nicht einfach ins Labor schicken und untersuchen lassen. Wir haben ja offiziell überhaupt keinen angelegten Fall.«

»Na, dann leg einen an!«

»Mit diesen Beweisen? Sicher nicht. Da blamier ich mich ja.«

»Aha, blamieren? Aber wie ich dir geholfen habe, den Mord an der Lehrerin aufzuklären, da hast du dich nicht blamiert. Da warst du plötzlich der große Detektiv. Der Hercule Poirot von Niederfeld. Ganz stolz warst du, weil dich die Zeitungen so gelobt haben.«

»Ja, aber da hatten wir zumindest eine Leiche.«

»Außerdem weißt du, dass du mir was schuldig bist.«

»Ja, ich weiß schon, wegen der Lehrerin …«

»Nein, ich meine etwas anderes.«

»Nein, Hemma, komm mir nicht damit. Es stimmt schon, dass du dich erst ein wenig geziert hast und die Aktivität von mir ausging. Aber dann, beim zweiten Mal, wollten wir es beide. Und beim dritten Mal, an diesem Abend, wolltest nur mehr du, ich wollte eigentlich schon nicht mehr. Komm mir nicht damit, dass ich dir da etwas schuldig bin. Außerdem hast du ja danach gesagt, das wäre eine Rauschgeschichte und ein einmaliger Ausrutscher gewesen, und daran hast du dich bis heute gehalten. Also ich denke, dass wir quitt sind.«

»Okay, dann bist du mir halt nichts schuldig, sondern tust mir einfach einen Gefallen.«

Etwas widerwillig holte Hubert seinen Fuchsschwanz aus dem Auto und sägte das Stück Holz, auf dem sich der Blutfleck befand, aus dem Baumstumpf.

»Und was soll ich jetzt damit machen?«

»Na, ins Kriminaltechnische Labor nach Wien schicken.«

»Also noch einmal, dazu brauchen wir einen Mordfall. Da muss ein Akt angelegt werden. Mit einer bestimmten Aktenziffer. Das dürfte ich selber gar nicht machen, selbst wenn ich möchte. Das kann nur die Mordkommission. Und die wird mir nicht einmal herkommen, aufgrund unserer mangelnden Indizien. So ganz ohne Beweise.«

»Jetzt mach dir nicht ins Hemd. Hast du nicht irgendeinen Haberer im Polizeilabor sitzen? Irgendjemanden, den du vielleicht von der Polizeischule noch kennst?«

»Ich werd schauen, was ich tun kann, versprechen tu ich nichts. Aber wenn ich das mache, dann bist du mir etwas schuldig …«

Und am spitzbübischen Grinsen des Postenchefs erkannte Hemma natürlich sofort, wie das gemeint war.

»Männer!«, brummte sie vor sich hin. Dabei schüttelte sie befremdet den Kopf. Aber ein kleines Lächeln konnte sie sich trotzdem nicht verkneifen.

VIER

Der Montagmorgen ist so etwas wie jeder andere Morgen zum Quadrat. Für die einen ist er wie eine Reihe frisch polierter Goldzähne, die dem neuen Wochenwerk entgegenblinken. Für andere fühlt er sich eher wie Zahnpelz an, eigenwillig, stinkig und rau.

Zur zweiten Gruppe gehören vor allem jene, die am Wochenende gern länger schlafen. Für die bringt der Montagmorgen immer einen kleinen Jetlag. Zwei Tage lang haben sie ihren Biorhythmus verändert, aber der Montagmorgen holt sie schlagartig und gnadenlos in ihren alten Rhythmus zurück. Weil sie das schon vorher wissen, schlafen sie in der Nacht von Sonntag auf Montag deutlich weniger, dafür schwitzen sie umso mehr. Meist wachen sie dann etwas bescheuert auf, was sich auch auf die Unfallstatistik niederschlägt. Im Haushalt oder auf dem Weg zur Arbeit gibt es am Montagmorgen deutlich mehr Unfälle als an anderen Tagen. Kein Wunder, wenn so viele Menschen den Montagmorgen nicht mögen. Selber schuld.

Sicher gab es auch auf dem Weingut Kleist Mitarbeiter, die den Montagmorgen mehr mochten oder mehr hassten als andere. Aber das spielte keine Rolle, man konnte es sich nicht aussuchen. Der Montagmorgen war für alle da, egal, wie man zu ihm stand.

Da die Lese zum größten Teil erledigt war, waren an diesem Montagmorgen deutlich weniger Arbeiter auf dem Weingut als eine Woche zuvor. Die Arbeit hatte sich inzwischen wieder mehr von den Weinhängen in die Kellergewölbe verlagert. Die Rebstöcke waren leer, die Fässer dafür voll. Nur die Trauben für die Trockenbeerenauslese hingen noch an ihren Stämmen, aber das hatte noch Zeit. Sturm – und den damit verbundenen Drang zum Klo – gab es bereits.

Und es würde nicht mehr lang dauern, bis der erste Heurige abgefüllt werden konnte. Aufgrund des herrlichen Sommers und des trotz der großen Hitze ausreichenden Regens konnte damit gerechnet werden, dass der Jahrgang ein guter werden würde. Spätestens zur Weintaufe am Leonharditag würde man ihn verkosten können.

Für Gustav Kleist begann dieser Montagmorgen mit ein paar Telefonaten und etwas Buchhaltungskram. Danach ging er gleich einmal in das Büro seiner Schwägerin hinüber. Sie hatten sich am Sonntag nicht gesehen, Fini reservierte diesen Tag für ihren Sohn Clemens.

Finis Bürotür stand meist offen. Wie immer saß sie hinter ihrem Computer, wie immer war sie perfekt hergerichtet, ähnlich wie ihre Schwester. Nur etwas geradliniger, etwas dezenter und noch etwas chaneliger. Insgesamt wirkte sie ein wenig knochiger und kantiger als ihre Schwester Marie. Und im Gegensatz zu Maries sehr sinnlichen Lippen war Finis Mund nur ein dünner roter Strich zwischen Nase und Kinn.

Das erste Thema war gleich wieder der phantastische »Otello«, den sie noch einmal gemeinsam Revue passieren ließen. Beide kamen sofort wieder ins Schwärmen, offensichtlich war die Vorstellung am Samstag besonders gelungen gewesen. Auch das Fernsehen und die Zeitungen überschlugen sich mit Lob.

Doch gleich darauf erkundigte sich Fini nach ihrer Schwester Marie. Inzwischen müsse sie ja schon angekommen sein, wahrscheinlich säße sie bereits auf ihrer Hotelterrasse.

»Schau, sie hat eine SMS geschickt.«

Gustav reichte Fini sein Smartphone, damit sie die Nachricht selbst lesen konnte. Und da stand: »Servus, Gustl. Bin gut angekommen. Liege im Hotel und lasse mir die Morgensonne auf den Bauch scheinen. Für morgen habe ich einen Jeep gemietet, dann geht es los mit der Kleinwildjagd.

Bin schon sehr gespannt. Grüße auch an Fini. Melde mich wieder. Mariechen«.

Es schien also alles in bester Ordnung zu sein. Und trotzdem machte Gustav ein ernstes Gesicht, was Fini veranlasste, nachzufragen.

»Weißt du, Fini, es gibt da eine ganz schlechte Nachricht. Eigentlich hat mir die Marie verboten, mit dir darüber zu reden, sie wollte es dir selber sagen, wenn sie wieder zurück ist. Aber ich muss es irgendwie loswerden.«

»Und was?«

Doch exakt in diesem Moment kam Clemens zur Tür herein, Fini Webers lediger Sohn, fast fünfundzwanzig Jahre alt, gleich zwanzig Zentimeter größer als seine Mutter, fesch, aber sonst unauffällig in seinem Äußeren.

Gustav wechselte sofort das Thema. »Clemens, warum bist du nicht in der Schule?«

»Die Lehrer haben heute Vormittag eine Konferenz. Aber jetzt fahr ich eh los.«

»Kommst eh pünktlich zum Abendessen?«, wollte Fini noch wissen.

»Mal sehen! Ich muss mich jetzt beeilen ...«

Mit zwei Bussis für seine Mutter und einem Klaps auf die Schulter des Onkels verabschiedete er sich.

»Fahr vorsichtig!«, rief ihm Fini noch nach, und schon war er aus der Tür.

»Du hast echt einen prächtigen Burschen, Fini. Ich glaube ja immer noch, dass ich sein Vater bin. Vielleicht wirst du es irgendwann einmal zugeben.«

»Lass doch endlich die alte Geschichte einmal ruhen. Ich will nicht drüber sprechen, das weißt du. Also, was wolltest du mir sagen?«

»Ach ja. Fini, du musst jetzt stark sein, ich muss es auch ... Marie ist schwer krank.«

»Was? Wir haben sie doch noch pumperlgesund zum Bahnhof gebracht.«

»Ja. Aber das wird ihre letzte Reise gewesen sein. Der Arzt hat Bauchspeicheldrüsenkrebs diagnostiziert. Zurzeit ist er noch nicht sehr weit fortgeschritten, aber er entwickelt sich. Natürlich hätte Marie nicht mehr wegfahren dürfen, aber du kennst sie ja.«

Fini wirkte wie angenagelt. Der Schock starrte aus ihren Augen.

»Wie lange noch?«

»Der Arzt kann das schwer sagen. Ein halbes Jahr? Ein ganzes? Vielleicht achtzehn Monate? Aber viel mehr sicher nicht.«

»Das ist ja schrecklich! Die arme Marie.«

Fini atmete tief und legte das Gesicht in die Hände. Nach einer kurzen Pause fasste sie sich aber und meinte: »Wie wird es ohne sie hier weitergehen?«

»Das werden wir beide schon schaffen. Marie hat zwar immer den Ton angegeben, aber das heißt nicht, dass wir nicht auch wissen, was zu tun ist. Und was uns beide betrifft …«

»Gustl, bitte, sie lebt noch!«

»Schon. Aber sie war nie blöd. Sie wusste bestimmt, dass du mich manchmal getröstet hast, wenn sie wieder einmal ihren ganzen Frust an mir ausgelassen hat.«

»Bist du wahnsinnig? Warum sollte sie das wissen? Das darf sie auch nie erfahren, das musst du mir versprechen.«

»Ist ja gut. Aber sie weiß doch, dass wir vorher kurz zusammen waren, bevor meine Beziehung zu ihr begonnen hat. Und du weißt es, ich weiß es, und Marie weiß es sicher auch, dass unsere alten Gefühle uns schön langsam wieder einholen …«

»Gustl, das war doch bloß eine Affäre. Und was die jetzige Situation betrifft, da hab ich Marie gegenüber ein furchtbar schlechtes Gewissen. Ich kann ihr nicht mehr in die Augen blicken. Wir sollten das alles am besten beenden.«

»Im Gegenteil, Fini. Du hast doch selbst gesagt, dass es zwischen uns anders wäre, wenn es die Marie nicht gäbe.«

»Aber es gibt sie, Gustl. Und hoffentlich noch lange …«

»Nein, Fini, ihre Lebenszeit läuft nun ab. Und eigentlich hätte ich mich schon längstens von ihr scheiden lassen und zu dir ziehen sollen. Jetzt erledigt halt das Schicksal die Sache.«

»Du tust ja so, als ob du froh drüber wärst, dass sie sterben wird.« Dabei legte sie ihr Gesicht ein zweites Mal in ihre Hände und begann zu schluchzen.

»Blödsinn, Fini!«

Und er zog sie an sich und nahm sie in seine Arme. Dabei hatte er das Gefühl, dass sie sich wohlerfühlte. Und dieses Gefühl übertrug sich auch auf ihn.

So richtig viel zu tun hatte in dieser Zeit die Leichen-Loisi. Es war nicht mehr lang bis Allerheiligen, und da musste sich der Friedhof von seiner lebendigsten Seite zeigen.

Man kann sich gar nicht vorstellen, wie viele Schubkarren voll Laub die drei riesigen Eichen am Friedhof abwerfen konnten. Nur wenige putzten das Laub selbst von ihren Gräbern weg. Was die Kieswege und die Rasenanlagen betraf, da kümmerte sich überhaupt niemand drum, nur die Loisi. Das war mindestens Arbeit für eine ganze Woche. Und wenn sie glaubte, fertig zu sein, begann das Ganze wieder von vorn. Eichen produzieren wahnsinnig viel Laub.

Dazu kam, dass um diese Zeit immer sehr viele Leute auf dem Friedhof waren, um ihre Gräber für Allerheiligen zu schmücken. Und immer wurde die Leichen-Loisi dabei um Rat gefragt oder um Hilfe gebeten. Den Mist hinterließ man dann meist ihr zum Wegräumen. Fast alles, was auf dem Komposthaufen lag, war von der Loisi dorthin gekarrt und abgelagert worden.

Seit ihrem Streit mit Hemma am Vortag war die Loisi noch dazu schlecht drauf. Dies bekamen auch einige Friedhofsbesucher zu spüren, die Loisi um Rat fragten und eine bei Weitem nicht so freundliche Antwort bekamen, wie das sonst so bei ihr üblich war. Vielmehr beschwerte sie sich, dass sie immer für alle den Trottel machen dürfe und keiner es ihr so richtig danke.

In Gedanken ließ sie den bevorstehenden Allerheiligentag ablaufen: Nach einer Segensandacht am frühen Nachmittag wird wieder das ganze Dorf auf den Friedhof marschieren. Und nicht nur das, auch alle ehemaligen Dorfbewohner, die Niederfeld längst schon verlassen haben und nach Wien oder sonst wohin gezogen sind, werden zurückkommen und sich um die Gräber ihrer verstorbenen Verwandten versammeln. Der Pfarrer wird dann mit seinem nassen Besen von Grab zu Grab gehen und seinen Segen versprühen. Die Dorfkapelle wird »Ich hatt' einen Kameraden« spielen. Der Kirchenchor wird dazu singen, die Hemma wird ihn dirigieren. Alle werden sie dann auf dem bestgepflegten Friedhof der Welt stehen. Und keiner wird darüber nachdenken, wie viel Arbeit darin steckt. Keiner wird dabei an die Loisi denken, die im Schweiße ihres Angesichts allein für diese Pracht verantwortlich ist.

Leckt mich doch alle am Arsch, dachte sie.

Die Leichen-Loisi war so in ihre Gedanken vertieft, dass sie es gar nicht merkte, als Hemma plötzlich hinter ihr stand.

»Grüß dich, Loisi.«

Loisi schaute nur kurz auf, drehte sich dann aber gleich wieder um und tat so, als würde sie Hemma einfach ignorieren.

»Ich wollte mich bei dir entschuldigen, ich glaube nämlich, dass du recht hast.«

»Ehrlich?«

Man merkte so richtig, wie bei der Loisi Freude aufkam. Damit hatte sie wirklich nicht gerechnet, eine Entschuldigung von Hemma kam schließlich nicht alle Tage vor.

»Komm doch nachher auf einen Kaffee zu mir. Der Guglhupf ist gerade im Rohr, in einer halben Stunde ist er sicher fertig.«

»Das wird sich nicht ausgehen. Aber der Guglhupf muss eh ein bisserl auskühlen.«

Plötzlich hatte die Loisi wieder Spaß an ihrer Friedhofsarbeit, am liebsten hätte sie ein Lied gesungen, zum Beispiel das vom Kameraden.

Und es dauerte keine Stunde, bis die Loisi an der Pfarrhaustür klingelte und Hemma, ebenfalls erleichtert, dass wieder Friede herrschte, sie hereinbat.

Hemmas Guglhupf war wirklich etwas Besonderes, sie sparte nicht bei Menge und Qualität der Zutaten und backte ihn immer genau auf den Punkt. Der Kaffee war ein normaler Filterkaffee, so wie man es hier halt gewohnt war.

»Was ist denn passiert, dass du auf einmal umgedacht hast?«, wollte Loisi wissen.

Was sollte Hemma darauf sagen? Wahrscheinlich kannte Loisi das Wort »meditieren« nicht einmal, und Hemma hatte auch keine Lust, ihr die Wahrheit zu sagen, weil das viel zu kompliziert war. Außerdem hätte Loisi mit Sicherheit angenommen, dass Hemma tatsächlich mit der Himmelmutter sprechen konnte. Und das hätte sie im ganzen Dorf herumerzählt. Dann wäre Hemma die Spinnerin gewesen.

»Ich habe einfach noch einmal drüber nachgedacht. Und wenn du mir sagst, dass du das alles gesehen hast, warum sollte ich dann daran zweifeln?«

»Hast du aber.«

»Wurscht, lassen wir das jetzt. Sag, wie genau hast du eigentlich den Mann gesehen? Würdest du ihn wiedererkennen?«

»Nein, du, das glaube ich nicht. Es war ja viel zu finster.«

»Schade. Und das Auto? Hast du das Auto erkannt? Welche Marke, welche Farbe, das Kennzeichen, hast du dir irgendetwas merken können?«

»Hemma, es war stockfinstere Nacht. Und glaubst du, ich schau auf so was, wenn einer mit einer Schaufel vor mir steht und mich erschlagen möchte? Außerdem kenn ich mich bei

Autos sowieso nicht aus. Opel, VW, Fiat … was weiß ich, was es da alles gibt.«

»Und die Farbe?«

»Weiß nicht, ich glaube, Grau.«

»Das sind sie in der Nacht wohl alle. Aber du hast doch die eingerollte Leiche gesehen. Kannst du gar nichts dazu sagen? War es ein Mann oder eine Frau?«

»Hemma, das weiß ich nicht, bohr doch nicht so. Aber jetzt, wo du fragst, glaub ich eher, dass es eine Frau war.«

»Eine Frau. Und aus dem Teppich haben die Haare herausgeschaut. Wie sahen die aus?«

»Also, jetzt glaub ich schon, dass das eine Frau war. Es war eher eine Frauenfrisur. Und die Haare waren … na ja, schwarz waren sie nicht, aber blond auch nicht. So was dazwischen.«

»Das ist ja schon einmal was, Loisi, das wird sicher weiterhelfen.«

Die Loisi trank in Ruhe ihren Kaffee aus, erzählte, wie schlaflos die letzte Nacht gewesen war, dann packte ihr Hemma noch ein ordentliches Stück vom Guglhupf ein, und ab ging es wieder auf den Friedhof. Das Laub war in der Zwischenzeit nicht weniger geworden.

Was Hemma zu der Zeit noch nicht wusste, war, dass der Hubert inzwischen tatsächlich mit dem ausgesägten Holzstück nach Wien gefahren war. Um nicht wie ein Amateur dazustehen, hatte er es in ein Plastiksäckchen gesteckt, wie es die Spurensicherer am Tatort verwenden. Damit ging er ins gerichtsmedizinische Institut.

Hemma hatte recht, Hubert kannte dort tatsächlich einen Chemiker, mit dem er bei dem Mord an der Lehrerin zu tun gehabt hatte und mit dem sehr gut arbeiten war. Die Kooperation funktionierte so gut, dass man sich eines Abends beim Heurigen traf. Und weil der Wein ja, wie wir alle wissen, auch eine verbindende Wirkung hat, war so etwas wie eine freundschaftliche Fernbeziehung entstanden.

Nachdem Hubert sich beim Portier ausgewiesen und angemeldet hatte, konnte er die Schleuse passieren.

»Kennen Sie den Weg zum Labor? Der Herr Magister erwartet Sie bereits.«

Hubert konnte sich noch von seinem letzten Besuch erinnern, wo sich das Labor befand. Er klopfte an die Tür und trat ein.

Eine Assistentin empfing ihn mit einem Lächeln, das jede Menge Zahnfleisch entblößte, und meinte, dass der Herr Magister gleich Zeit habe.

Das Labor sah noch genauso aus, wie Hubert es in Erinnerung hatte. Pinsel, Pipetten und Pinzetten lagen herum, es gab Laptops, Mikroskope und Fotoapparate, Reagenzgläser und Petrischalen, Röntgen- und Ultraschallgeräte, chemische Pulver, Desinfektions- und Sterilisationsmittel, Mundschutz und Gummihandschuhe. Und um das Ganze abzurunden, lag da auch noch eine nackte weibliche Leiche mit einem Namenszettel an der großen Zehe. Zum Opfer verdammt und zugenäht.

Freude kam auf, als Karl, der Herr Magister, den Raum betrat; er und Hubert begrüßten sich wie zwei alte Freunde.

»Schön, dich wiederzusehen. Gibt es schon den jungen Wein?«

»Kann nicht mehr lange dauern. Dann kommst du einmal rauf zu uns, und wir kosten ihn gemeinsam.«

»Gute Idee, Hubert. Und was führt dich zu mir?«

»Karl, kannst du dich noch an die Hemma erinnern?«

»Die Hemma Thom?«

»Ja, die. Eigentlich Hemma Gruber, aber wurscht. Du weißt ja noch, dass sie bei dem Mord an der Lehrerin nicht unwesentlich zur Aufklärung beigetragen hat.«

»Habt ihr wieder einen Mord?«

»Das ist die Frage! Ich kann es nicht sagen. Aber eine alte Frau bei uns hat offenbar vorletzte Nacht gesehen, wie einer eine Leiche verscharren wollte. Die Hemma glaubt ihr, und jetzt lässt sie nicht locker. Sie besteht darauf, dass ich der Sache nachgehen soll.«

»Ich kann mich noch gut an die Hemma erinnern. Die kann ziemlich stur sein, oder?«

»Stur ist kein Ausdruck. Man macht einfach besser, was sie sagt.«

»Und was soll ich jetzt tun?«

Hubert zog das Säckchen mit dem Holzstück aus der Tasche.

»Schau, das habe ich vom angeblichen Tatort. Also nicht vom Ort, wo der angebliche Mord geschehen ist, sondern von dort, wo angeblich die Leiche vergraben werden sollte.«

»Klingt kompliziert!«

Während Hubert alle bekannten Details erzählte, zog Karl ein Paar Gummihandschuhe über, nahm das Holzstück aus dem Sackerl und sah es sich genauer an.

»Vermutest du Fingerabdrücke drauf?«

»Nein, nur meine eigenen. Ich hatte keine Handschuhe mit, als ich das Stück aus dem Baumstumpf herausgesägt habe.«

»Aber das Plastiksackerl hattest du dabei?«

»Ehrlich gesagt, auch nicht. Ich habe es in meine Jackentasche gesteckt und erst am Revier in das Sackerl gegeben.«

»Das macht die Sache nicht leichter.«

»Wir … also, die Hemma vermutet, dass da Blut drauf ist. Wir würden gern wissen, ob es sich um menschliches Blut handelt. Und wenn ja, ob du sonst irgendetwas dazu sagen kannst.«

»Mensch, Hubert, das wird nicht einfach. Wie alt soll das Blut denn sein?«

»Wenn es stimmt, was die Hemma vermutet, dann so circa fünfunddreißig bis vierzig Stunden.«

»Okay. Gibt es einen Akt?«

»Karl, wie soll es einen Akt geben? Den könnte doch nur die Kriminalpolizei anlegen. Und die schmeißen mich doch hochkantig raus, wenn ich mit der Geschichte ankomme. Es wird ja nicht einmal jemand vermisst.«

»Da hast du sicher recht. Aber ohne Akt kann ich das Corpus Delicti nicht untersuchen. Und selber kann ich auch keinen Akt anlegen.«

»Das ist mir klar, Karl. Offiziell kannst du das nicht machen. Aber …«

»Du meinst, in meiner Freizeit ist mir eh so fad, da bräuchte ich noch ein bisschen Beschäftigung?«

Beide schmunzelten. Karl hatte verstanden, was Hubert von ihm wollte. Und Hubert hatte verstanden, dass Karl ihm helfen würde.

»Bis wann brauchst du das?«

»Ich sage nur: Hemma!«

»Okay. Ich schau es mir am Abend an. Morgen Vormittag telefonieren wir.«

FÜNF

»Das geht nicht mehr so weiter. Erinnerst du dich, Hemma, als wir vor dreißig Jahren nach Niederfeld gezogen sind, da war noch alles in Ordnung. Bei den beiden Sonntagsmessen war die Kirche immer voll, jeder Platz war besetzt, und die Leute standen bis zum Mittelgang. Und heute? Vorgestern war es besonders schlimm, so wenige Leute hab ich noch nie in der Sonntagsmesse gesehen.«

»Du verwirrst die Leute schon allein mit der Zeitumstellung, Pepperl. Die Sommerzeit endet nun einmal Ende Oktober. Überall, in ganz Europa. Nur du hast deine eigene Zeit. Wer soll da mitkommen? Es heißt doch, man muss mit der Zeit gehen. Du gehst gegen die Zeit.«

»Blödsinn, ein halbes Jahr Sommerzeit, ein halbes Jahr Winterzeit, genau so wäre es richtig.«

»Aber so ist es nun einmal nicht. Und außerdem: Als wir nach Niederfeld gekommen sind, gab es hier noch viele Bauern, die ohnehin in aller Herrgottsfrühe aufstehen mussten. Das ist heute nicht mehr so. Die Leute wollen am Wochenende ausschlafen. Du solltest die Frühmesse später ansetzen. Oder eine Samstagabendmesse lesen.«

»So weit kommt es noch. Die Sonntagsmesse am Samstagabend … Früher, als ich die ganzen Veranstaltungen am Samstagabend noch verboten hatte, waren die Leute am Sonntag ausgeschlafen. Dann haben sie halt am Sonntagabend getanzt und gejodelt, das ging auch. Und die Kirche war voll. Bis die Sozis kamen und ihren Ball gegen meinen Willen am Samstagabend abhielten. Da haben alle nachgezogen.«

»Dafür haben die Leute damals am Montag früh in der Arbeit blöd dreingeschaut. Und haben Probleme mit ihrem Chef bekommen. Nein, nächstes Jahr stellst du die Uhr so um wie alle anderen auch. Und dann mach endlich, was dir der Pfarrgemeinderat schon immer empfohlen hat, lass die Bevölkerung abstimmen, wann die Messen beginnen sollen. Das ist demokratisch und kommt auch gut an.«

»Seit wann gibt es denn in der Kirche Demokratie? Lässt der Papst vielleicht uns Priester abstimmen, wenn es um Gebote geht?«

»Schau, das ist eben das Problem. Du willst nichts verändern, und dann ärgerst du dich, wenn die Kirche immer leerer wird. Es muss sich immer vieles ändern, damit alles so bleibt, wie es ist.«

Auf diesen Satz wollte der Pfarrer gar nicht mehr antworten. Er nahm einen Schluck von seinem Frühstückskaffee und verkroch sich wieder hinter der Tageszeitung.

Für den Vormittag hatte sich Hemma vorgenommen, den Kirchenboden zu schrubben. Und als sie ungefähr bei der Hälfte war, kam der Hubert aus der Sakristei geeilt, bekreuzigte sich rasch mit Weihwasser, machte eine schnelle Kniebeuge vor dem Hochaltar. Dann ging er forcierten Schrittes auf Hemma zu und sprach in einem nicht zu lauten Tonfall, wie es sich halt in der Kirche gehört.

»Hemma, hast du einen Moment Zeit?«

»Klar, hast du was Neues?«

»Sollen wir rausgehen?«

»Wir können auch hier reden, was gibt es?«

»Also, ich war ja gestern in Wien im kriminaltechnischen Labor und hab dort den Karl getroffen. Kannst du dich noch an ihn erinnern? Du hast ihn einmal kennengelernt, als …«

»Ja, passt schon, was hat er gesagt?«

»Also, er hat sich am Abend mit dem Holzstück beschäftigt. Und stell dir vor, er hat auch einiges herausgefunden. Es handelt sich bei dem Fleck tatsächlich um menschliches Blut.«

»Wusste ich es doch. Können wir jetzt herausfinden, von wem es stammt?«

»Nein, natürlich nicht. Du kannst nur zwei Blutproben miteinander vergleichen und schauen, ob sie ident sind. Aber er hat auch noch herausgefunden, dass die Blutgruppe null positiv ist. Das ist allerdings die häufigste Blutgruppe. Und dann hat er gemeint, dass uns eines vielleicht helfen könnte. Er hat mir gesagt, warte, ich hab es mir aufgeschrieben … Da ist es schon … Also, er hat mir gesagt, dass er noch Spuren von CA 19-9 entdeckt hat, und das würde auf ein Pankreaskarzinom hindeuten.«

»Und was ist das?«

»Weiß ich doch nicht, ich bin ja kein Arzt.«

»Und hast du ihn nicht gefragt?«

Hubert zuckte nur mit den Schultern und fühlte sich jetzt ein wenig ertappt.

»Gehen wir doch aufs Revier in mein Büro. Da können wir im Computer nachschauen.«

Eigentlich hätte Hemma den Steinboden noch fertig schrubben müssen, doch von der Neugier getrieben stellte sie Eimer und Bürste in ein Eck, zog die Arbeitsschürze aus, die Jacke an, und im Eiltempo verließen beide die Kirche.

Im Vorzimmer zu Huberts Büro saßen wieder die beiden jungen Polizisten, die auch letztes Mal schon dagesessen waren.

»Grüß Gott, Fräulein Hemma.«

»Grüß Gott, Fräulein Hemma.«

Dass sie nicht die Frau Thom war, hatte der Bursche wohl rasch kapiert.

Auf Huberts Computer konnten die beiden schnell herausfinden, dass CA 19-9 ein Glykoprotein ist und dass Pankreaskarzinom Bauchspeicheldrüsenkrebs bedeutet. Extrem heimtückisch und meist ein Todesurteil.

Hemma und Hubert sahen sich nachdenklich an. Jetzt wussten sie zwar etwas, aber nicht so recht, was sie mit ihrem Wissen anfangen sollten.

»Schau doch einmal nach, wie viele Fälle es davon in unserer Gegend gibt«, schlug Hemma vor, weil ihr gerade nichts Besseres einfiel.

Hubert tippte wieder in seinen Computer und meinte: »Ich sehe nur, wie viele es österreichweit sind. Das sind an die zweitausend. Da brauchst du gar nicht anfangen zu suchen.«

»Hubert, bitte! Gehen wir einfach einmal davon aus, dass die Leiche aus unserer Gegend stammt. Ich glaube ja nicht, dass jemand in Tirol einen Mord begangen hat und dann hierher gefahren ist, um die Leiche zu verbuddeln. So eine Leiche will man schnell loswerden.«

»Aber wir haben zurzeit in unserer Gegend überhaupt keine Vermisstenmeldung. Ob mit oder ohne Krebs.«

»Aber es muss wer vermisst werden. Das Blut war noch relativ frisch, und die Leichen-Loisi hat alles gesehen. Es muss wer vermisst werden. Aus unserer Gegend. Eine Person mit Bauchspeicheldrüsenkrebs. Schau doch einmal nach in deinem Computer.«

»So was find ich hier nicht. Das kann nur die Kripo.«

»Dann müssen wir endlich die Kripo einschalten!«

»Hemma, bitte! Es gibt keine Leiche. Und es gibt keinen Fall. Die Kripo würde mich ignorieren.«

»Dann müssen wir es selbst herausfinden. Fangen wir doch einfach von vorn an. Angenommen, die Loisi hatte recht. Dann haben wir hier eine Leiche. Von einer Frau. Die gerade niemandem abgeht. Und die noch dazu einen Bauchspeicheldrüsenkrebs hat.«

»Eine Frau, die Krebs hat und niemandem abgeht … Das klingt doch alles sehr unwahrscheinlich. Klingt eher so, als ob die Leichen-Loisi doch zu spinnen anfängt.«

»Tut sie aber nicht. Außerdem muss es noch irgendeine Geschichte rund um diese Frau geben. Irgendein Geheimnis. Warum, Hubert, bringt man überhaupt jemanden um?«

»Mein Gott, da gibt es verschiedene Gründe. Eifersucht.

Geldgier. Raubmord. Sexualmord ... Da ist vieles möglich. Die Lehrerin wurde Opfer eines Sexualmordes.«

»Ja, aber die wurde gleich als vermisst gemeldet. Nein, das Ganze muss viel komplexer sein. Was gibt es denn für Geschichten momentan im Dorf? Worüber reden die Leute, die reden ja eh über alles. Will sich wer scheiden lassen? Hat jemand seinen Nachbarn übers Ohr gehauen? Hat jemand die Frau vom Nachbarn gevögelt? Steht jemand kurz vor dem Konkurs?«

»Also mir fällt dazu überhaupt nichts ein.«

Sie waren beide ziemlich ratlos. Da fiel Hemmas Blick auf die Landkarte, die hinter Huberts Schreibtisch hing. Sie trat näher, suchte Niederfeld und meinte: »Bleiben wir noch einmal beim Bauchspeicheldrüsenkrebs. Wie viel sind auf dieser Karte zehn Kilometer?«

Hubert erklärte ihr, dass zehn Kilometer exakt zehn Zentimetern entsprachen.

»Gut, dann stell dir einen zehn Zentimeter großen Kreis rund um Niederfeld vor. Was glaubst du, wie viele Menschen hier wohnen?«

»Mein Gott, das entspricht in etwa dem halben Bezirk, das werden so vierzigtausend sein.«

»Okay. Österreich hat circa acht Millionen Einwohner, und zweitausend haben dieses Karzinom. Wir haben vierzigtausend Einwohner, das geht in acht Millionen, warte, zweimal, zwanzigmal, zweihundertmal, stimmt das? Also müssen wir durch zweihundert dividieren. Zweihundert geht in zweitausend ... zehnmal. Also haben wir nach Adam Riese nur zehn Personen hier in der Gegend, die in Frage kommen. Das ist doch nichts!«

»Und wie willst du die herausfinden?«

»Wieso ich? Du wirst sie herausfinden, du bist doch die Polizei.«

»Hemma, du bist ein Sturschädel, du willst es einfach nicht kapieren. Ich sag es dir ein letztes Mal: Wir haben keinen offiziellen Fall, und deshalb kann ich nicht offiziell ermitteln. Begreif das doch endlich einmal!«

»Du musst ja nur die Gemeindeärzte in der Gegend anrufen und sie fragen. Die wissen doch, was ihre Patienten haben. Das sind ja höchstens fünf oder sechs Ärzte, das kannst du doch tun.«

»Ruf du sie doch an, wenn es eh nur fünf oder sechs sind.«

»Aber die Ärzte haben ihre Schweigepflicht. Die können mir keine Auskunft geben. Soll ich sagen, ich bin die Mesnerin von Niederfeld und möchte schon einmal die nächsten Begräbnisse vorbereiten? Aber wenn du als Polizei anrufst und sagst, dass du in einem Mord ermittelst, dann werden sie es dir sagen.«

»Ich ermittele aber nicht in einem Mord!« Schön langsam wurde Huberts Stimme deutlich lauter. Da griff Hemma zu ihrer letzten und treffsichersten Waffe.

»Bist du heute Abend zu Hause? Ich komm dich besuchen. Sagen wir um acht?«

»Hemma, Hemma! Was bist du doch für ein Luder. Kruzifix noch einmal. Ich werde schauen, was ich tun kann. Versprechen tu ich aber nichts.«

Als Hemma in die Kirche zurückkam, ging ihr das Bodenputzen gleich noch einmal so leicht von der Hand. Sie war jetzt sehr optimistisch, was den Fall betraf. Wenn sich der Kreis der möglichen Opfer tatsächlich auf rund zehn Personen beschränkte, dann musste man doch schnell herausfinden können, was tatsächlich vorgefallen war.

Inzwischen klemmte sich Hubert ans Telefon. Er musste die Ärzte selbst kontaktieren, denn nachdem die ganze Sache inoffiziell war, konnte er schlecht seine Jungpolizisten mit den Telefonaten beauftragen. Außerdem kannte Hubert die Ärzte allesamt persönlich, da tat man sich doch gleich viel leichter.

Tatsächlich bekam er auch alle Ärzte innerhalb des skizzierten Kreises ans Telefon. Und es waren genau sieben, inklusive dem Oberarzt vom Bezirkskrankenhaus, der natürlich auch Bescheid wissen musste.

Ganz so einfach, wie Hemma sich die Recherche vorgestellt hatte, war sie aber dann doch nicht. Wie Hubert vermutet hatte, zierten sich die Ärzte bei einer Auskunft dieser Art.

»Hubert, du weißt, dass ich dir so etwas nicht sagen darf. Ich habe meine Schweigepflicht.«

»Aber es geht hier um einen Kriminalfall. Es ist Gefahr in Verzug. Und von mir wird bestimmt nichts an die Öffentlichkeit gehen, nicht einmal die Betroffenen selbst werden was davon mitkriegen. Es geht um Leben und Tod.«

»Darum geht es bei uns Ärzten immer.«

Hubert einigte sich mit den Ärzten darauf, dass er nicht die Namen, dafür aber die Anzahl der Patienten erhielt. Und so erfuhr er, dass es in diesem Jahr zwölf bekannte Fälle von Pankreaskarzinom in seiner Umgebung gab. Drei davon waren bereits verstorben. Blieben somit noch neun Personen übrig, unter denen das gesuchte Opfer sein konnte. Immer unter der Voraussetzung, dass die Loisi nicht zu spinnen begonnen hatte.

Die Ärzte bestätigten allesamt, dass sie mit ihren Patienten in ständigem Kontakt waren und sie sofort verständigt werden würden, wenn irgendwo akut eine Verschlechterung auftreten sollte. Sechs von ihnen waren im Krankenstand und daher meist zu Hause. Eine Frau ging sogar noch arbeiten. Zwei waren selbstständig. Eine Patientin war sogar noch einmal verreist, der Arzt hatte aber bestätigt, dass er am Vortag eine SMS von der Patientin erhalten habe und dass es ihr den Umständen entsprechend gut ginge.

Hubert hatte am Nachmittag beim Fleischhauer eine Aufschnittplatte bestellt und vom Bäcker einen Laib Krustenbrot geholt. Wein hatte man in dieser Gegend ohnehin immer in ausreichenden Mengen vorrätig.

Hemma kam gleich nach dem Abendessen zu ihm, leider hatten die beiden nicht ausgemacht, dass sie ihr Nachtmahl gemeinsam zu sich nehmen würden. Der Höflichkeit halber aß sie ein paar Scheiben vom Hausgeselchten und ein, zwei Scheiben Emmentaler. Ein Glas Veltliner nahm sie gern.

Überhaupt war Hemma, wie schon erwähnt, dem Wein nicht abgeneigt. In ihrer Jugend war das anders gewesen, da hatte man sie kaum mit einem Glas Alkohol in der Hand gesehen. Seit sie aber ins Weinviertel gezogen war, wo der Wein nicht nur Teil der Kultur ist, sondern überhaupt zum täglichen Ritual gehört, hatte sich auch Hemma angepasst und den Wein zu ihrem Wegbegleiter gemacht. Das heißt nicht, dass sie täglich fett war, aber ab einer gewissen Uhrzeit wurde kaum ein Gespräch geführt, ein Buch gelesen oder ein Film geschaut, ohne dass ein Glas Veltliner als Genuss- und Beruhigungsmittel das seine dazutat.

»Jetzt erzähl schon, hast du mit den Ärzten gesprochen?«

»Ja, mit allen. Sie wollten aber keine Namen herausrücken. Ich weiß nur, dass es heuer zwölf Erkrankte gab, drei davon gestorben sind und neun noch leben. Ich sehe da jetzt echt keine Chance mehr, Hemma. Ich denke, wir sollten die Sache aufgeben.«

»Und einen Mörder frei herumlaufen lassen?«

Hubert war es leid, weiter zu diskutieren. Er hatte eh gemacht, worum Hemma ihn gebeten hatte, mehr war einfach nicht drin. Drum setzte er sich nun neben Hemma auf das Sofa, legte den Arm um ihre Schulter und hoffte, den Lohn für sein Bemühen nun abholen zu können.

»Entschuldige, Hubert, ich kann das jetzt nicht. Ich bin mit dem Kopf völlig woanders. Wie soll denn das jetzt gehen?«

»Ich hab eh schon vermutet, dass das heute nichts wird. Auch wenn du es mir eigentlich versprochen hast.«

»Geh, Hubert, ich habe dir doch nichts versprochen, ich habe nur … Tut mir leid. Kannst du mir verzeihen?«

»Sicher. Ich verzeih dir doch schon seit vielen Jahren.«

Da lächelte Hemma, und man merkte ihr an, wie erleichtert sie war. Hubert lächelte zurück, trotzdem verriet seine Mimik, dass er ein bisschen enttäuscht war.

»Du, ich gebe da nicht auf. Wir brauchen die Namen der Patienten. Und dann werde ich sie nach und nach besuchen, einen nach dem anderen. Ich will selber sehen, ob die noch alle leben.«

»Wie soll das gehen, Hemma? Ich ruf sicher nicht mehr bei den Ärzten an. Und dir werden sie die Namen noch weniger geben. Eine Patientin ist überhaupt verreist, die kannst du nicht einmal besuchen.«

Da runzelte Hemma die Stirn. Da fügte sich doch was zusammen.

»Hubert, das ist es doch! Eine Frau. Aus unserer Gegend. Die niemandem abgeht, weil sie verreist ist. Und sie hat noch dazu ein Pankreaskarzinom. Da klingelt es doch. Sag, weißt du noch, wer der Arzt war, der dir das gesagt hat?«

»Na sicher!«

»Hubert, bitte, ruf ihn jetzt auf der Stelle an und frag ihn, wer diese Frau ist. Bitte!«

»Nein! Mit Sicherheit nicht. Hemma, du kannst mir jetzt die wildesten Liebesdienste und die unmöglichsten Verrenkungen anbieten, ich werde den Arzt garantiert nicht anrufen. Vergiss es.«

Hubert und Hemma hatten inzwischen die zweite Weinflasche geleert. Hemma sah auf die Uhr und merkte, dass es höchste Zeit für sie war, nach Hause und ins Bett zu gehen.

»Wirst du ihn morgen anrufen?«

»Ich verspreche nichts.«

»Okay. Aber falls du ihn doch anrufst, dann frag auch gleich nach der Blutgruppe.«

Hubert umarmte Hemma und begleitete sie noch vor die Haustür.

»Du solltest dein Fahrrad besser schieben, Hemma …«

»Hemma was?«

»Gruber. Hemma Gruber.«

Sie lächelten sich noch einmal an. Er beobachtete noch, wie sie ihren Hintern auf das Fahrrad schwang, und schon bog sie um die nächste Ecke.

SECHS

Der nächste Tag, es war inzwischen Mittwoch, war für Hemma ein sehr anstrengender. Montag war immer Waschtag, da lief die Waschmaschine oft den halben Tag lang. Der Mittwochvormittag aber war immer fürs Bügeln reserviert. Und da kam schon einiges zusammen.

Die Priestergewänder und die Krägen und Röcke der Cowboys gab sie zwar einmal pro Jahr zur Reinigung, damit hatte sie wenig zu tun. Aber die Chorhemden der Ministranten, Pepperls Collarhemden mit ihren weißen Einsatzkrägen, von denen er jeden Tag ein frisches trug, dann noch seine Unterwäsche und ihre eigene Wäsche – da war nicht wenig zu bügeln. Der Vormittag wurde dafür meistens viel zu kurz, manchmal war sie noch den halben Nachmittag beschäftigt. Bei der Chorprobe, die immer am Mittwochabend stattfand, fühlte sie sich oft ziemlich gerädert.

Doch an diesem Mittwochnachmittag hatte sie die Arbeit einfach hingeschmissen. Sie war so nah dran zu erfahren, wer die Leiche war, das ließ ihr einfach keine Ruhe mehr. Darum packte sie ihr Fahrrad und strampelte hinüber zum Polizeikommissariat.

Ohne die Grüße der Junginspektoren abzuwarten, klopfte sie an Huberts Bürotür, ohne eine Reaktion abzuwarten, trat sie einfach ein. Hubert telefonierte gerade, er bedeutete Hemma, sich ein wenig zu gedulden. Doch kaum hatte er aufgelegt, ging die Fragerei schon los.

»Und? Hast du mit dem Arzt gesprochen? Was sagt er?«

»Nein, Hemma, ich bin noch nicht dazu gekommen, ich habe so viel anderes zu tun.«

»Aber kann ein Polizist etwas Wichtigeres zu tun haben, als einen Mord aufzuklären?«

»Mein Gott, Hemma …«

»Wenn du es nicht tust, dann muss ich es tun. Sag mir doch einfach, wer der Arzt ist. Dann fahr ich hin und kümmere mich darum.«

»Hemma«, und dabei schüttelte Hubert schon sehr resignierend den Kopf, »der Arzt wird dir nichts sagen. Glaub mir das doch einmal!«

»Dann fahren wir jetzt gemeinsam hin. Komm endlich!«

Hubert hatte gegen Hemmas Tatendrang keine Chance. Sie wartete bereits vor der Beifahrertür des Polizeiautos, als Hubert seine Kappe aufsetzte und ihr nachging.

»Wohin fahren wir?«

Hubert startete den Motor. »Ins Bezirkskrankenhaus. Wir werden mit Dr. Brauner reden. Wie ich ihm das erklären soll, weiß ich aber noch immer nicht.«

»Der Kurtl Brauner? Aber das ist doch kein Problem, der war ja sogar einer meiner Cowboys.«

Dr. Kurt Brauner, ein junger und sehr angesehener Arzt, war Oberarzt für die gesamte Abteilung Innere Medizin am Bezirkskrankenhaus. Hemma und Hubert, die das Krankenhaus natürlich kannten, wussten auch sofort, wo er zu finden war: im gelben Trakt, zweiter Stock. Ohne lange zu fragen und ohne sich anzumelden, bog Hemma auf die Zielgerade ein, und Hubert trabte brav hinterher.

Doch im Wartebereich von Dr. Brauners Ordination blieb Hemma plötzlich stehen und setzte ein freundliches Lächeln auf.

»Gertraud, du da?«

»Ja, grüß dich, Hemma, wie geht es dir denn?«

Gertraud, eine über achtzigjährige Frau, war die Mutter des Leichenbestatters Hummenberger. Jahrzehntelang war sie selbst die Leichenbestatterin gewesen, Hemma hatte schon unzählige Begräbnisse mit ihr abgestimmt und organisiert. Aber seit vielen Jahren bereits stand ihr Sohn an vorderster Front.

»Mir geht es gut, Gertraud, und dir?«

»Ich war jetzt zwei Wochen da, weil ich so viel Wasser im Herzbeutel hatte. Aber heute darf ich nach Hause. Schau, die Entlassungspapiere hab ich schon. Ich warte nur, bis wer kommt und mich abholt. Aber schon seit über einer halben Stunde …«

Und weil gerade eine Krankenschwester vorbeikam, nützte die alte Frau die Gelegenheit und sagte: »Geh, Schwester, rufen Sie noch einmal beim Bestattungsinstitut Hummenberger an, ich wäre jetzt so weit, sie sollen mich endlich abholen.«

Die Erheiterung, welche die Frau bei allen Anwesenden auslöste, war ihr völlig unverständlich.

Aber Hemma meinte nur: »Geh, Gertraud, da brauchen wir keine Leichenbestattung. Der Hubert und ich müssen noch kurz mit dem Doktor reden. Und dann bringen wir dich heim. Stimmt's, Hubert?«

An die Krankenschwester richtete Hemma noch die Bitte, dem Doktor Bescheid zu sagen, dass die Polizei da sei, die ihn dringend sprechen müsse. Hubert ließ das alles über sich ergehen, er fand es nicht einmal mehr der Mühe wert, sich über Hemma zu wundern.

Und gleich als der nächste Patient aus der Ordination herauskam, wurde Hubert zum Doktor gebeten. Eine Aufforderung, die Hemma auch gleich auf sich selbst bezog.

Dr. Brauner war zwar überrascht, dass auch Hemma mit eintrat. Aber nur im ersten Moment, er kannte sie ja schließlich.

»Servus, Hubert, grüß Gott, Fräulein Hemma.«

»Geh, du mit deinem Fräulein. Vergiss es! Wie steht's? Kannst du das ›Suscipiat‹ noch?«

»Na, warten Sie, warte einmal: Suscipiat Dominus sacrificium de manibus tuis … äh, ad laudem et gloriam nominis sui … äh, ad utilitatem quoque nostram … äh, totiusque ecclesiae suae sanctae. Oder so ähnlich. Scheiße, ist das schwer!«

»Geht ja eh super!«

»Was kann ich für euch tun?«

Da übernahm Hemma das Wort, Hubert sollte es recht sein.

»Weißt du, wir haben da eigentlich eine Schweigepflicht. Und du hast ja auch eine Schweigepflicht. Drum können wir ja auf Augenhöhe miteinander reden.«

Und Hemma erzählte, was sich zugetragen hatte und was ihr Begehr war.

Der Doktor hörte sich die Geschichte geduldig, aber nicht desinteressiert an, schließlich meinte er: »Hubert, wenn du in einem offiziellen Kriminalfall ermittelst, darf ich dir das sagen. Aber es sieht nicht danach aus. Oder?«

»Ein Mord ist immer ein Kriminalfall«, warf Hemma ein.

»Ja, Hemma, aber der Hubert versteht mich. Ich mache euch einen Vorschlag: Ich werde meiner Patientin eine SMS schicken und sie fragen, ob es ihr recht ist, dass ich euch ihren Namen nenne. Dann schauen wir, was kommt. Okay?«

Darauf einigte man sich. Beim Weggehen schaute Hemma noch nach der alten Frau Hummenberger. Aber offensichtlich hatte die Leichenbestattung sie inzwischen abgeholt.

Als Hemma dann am Nachmittag die Noten für die Chorprobe vorbereitete, hatte sie natürlich wieder keine anderen Gedanken als an die Tote aus dem Wald. Bisher war es nur der Blutfleck, der zu der Ermordeten führen konnte. Aber wenn keiner sprechen will oder keiner sprechen darf, was soll man da tun? Sie dachte angestrengt nach, ob es nicht noch einen anderen Zugang geben könnte. Um das herauszufinden, bedurfte es allerdings wieder einer großen Portion weiblicher Intuition. Oder einer himmlischen Eingebung, je nachdem, wie man es sah.

So begab sich Hemma wieder hinüber in die Kirche, schaltete den elektrischen Blasebalg ein und verwendete hauptsächlich ihre linke Hand, um aus der Orgel die lang gezogenen Basstöne herauszuholen. Leicht berauscht ging sie dann wieder vor zum Marienaltar, kniete nieder und begann einen Rosenkranz zu flüstern. »Du bist gebenedeit unter den Frauen. Und gebenedeit ist die Frucht seines Leibes, Jesu, der in uns die Liebe entzünde ...« So verharrte sie mindestens zwanzig bis fünfundzwanzig Minuten, ohne zu merken, was in der Welt um sie herum vor sich ging, ohne nur ein Licht oder einen Ton wahrzunehmen. Selbst wenn man sie angestupst hätte, sie hätte wahrscheinlich keine Notiz davon genommen.

Schließlich öffnete sie langsam wieder die Augen, atmete schwer durch, und ihr erster Gedanke war: der Detektiv. Der könnte etwas damit zu tun haben. Sie musste mit dem Detektiv Kontakt aufnehmen.

Hemma erhob sich, verließ die Kirche, setzte sich aufs Fahrrad und trat in die Pedale. Ein Weg, den sie schon so oft geradelt war: von der Kirche hinüber zum Dorfheurigen.

»Hallo, Hemma, ist es nicht noch ein bisschen früh zum Bauernschnapsen? Es ist noch niemand da. Und außerdem, hast du heute nicht Chorprobe?«

»Servus, Rosl, hast du einen Moment Zeit? Setz dich kurz her, ich muss dich was fragen.«

Weil es sich nicht gehört, dass man sich in einen Heurigen setzt, ohne zu konsumieren, bestellte Hemma ein Achterl Veltliner. Rosl, die angeheiratete junge Chefin, servierte ihr das Glas und setzte sich zu ihr.

»Du, Rosl, weißt du noch, da war doch vor ein paar Wochen so ein Typ aus Wien da. Der hat sich ein Zimmer bei euch genommen. Für so drei bis vier Tage. Mir hat er gesagt, dass er ein Privatdetektiv ist. Aber über seinen Fall durfte er nicht reden. Kannst du dich noch an den erinnern?«

»Klar, der Wiener. Der mit den Goldketterln und den vielen Schneckerln am Kopf. Der hat immer so ein bisserl geheimnisvoll getan. Ich habe ja das Gefühl gehabt, dass der ein Schmähtandler ist. Was brauchst du denn von ihm?«

»Weißt du noch, wie der geheißen hat? Ich müsste dringend mit ihm reden.«

»Ja, warte, er ist eh im Gästebuch eingetragen. Und eine Karte hat er auch dagelassen. Falls ich einmal einen Privatdetektiv brauche, hat er gemeint. So ein Blödsinn. Warte, ich schau in der Lade nach.«

Rosl ging zur Lade, wo neben den Spielkarten, dem Kellerschlüssel und den Korkenziehern auch noch ein paar Visitenkarten lagen, die in der Regel hineingeschmissen und nie wieder hervorgeholt wurden.

»Schau, da hab ich ihn. Robert Stummvoll, Privatdetektiv. Willst du die Karte haben?«

»Nein, vielleicht brauchst du sie noch. Ich schreib sie mir nur ab.«

Hemma trank ex, bat die Rosl noch, das Glas Wein aufzuschreiben, und verließ den Heurigen. Zu Hause angekommen griff sie gleich zu ihrem Handy und wählte die Nummer des Detektivs.

»Hallo, Robert, hier ist die Hemma, die Mesnerin aus Niederfeld.«

»Ah, die Hemma Thom!«

»Nein, Gruber, Hemma Gruber.«

Robert Stummvoll konnte sich noch sehr gut an Hemma erinnern, hatte er doch einige Gespräche mit ihr geführt und ein paar Gläser mit ihr getrunken. Hemma hatte sich immer wieder zu ihm gesetzt, war sie doch entsetzlich neugierig zu erfahren, was der Detektiv hier zu suchen hatte.

»Was kann ich für dich tun, brauchst du meine Dienste?«

»Nein, ich müsste einfach wissen, was du unlängst in Niederfeld gesucht hast. Das ist alles ein wenig kompliziert, aber vielleicht würde es mir helfen, wenn du mir sagst, warum du da warst.«

»Hemma, ich hab es dir eh schon gesagt. Ich werde nicht nur dafür bezahlt, dass ich für meine Auftraggeber etwas herausfinde, sondern auch dafür, dass ich anschließend den Mund halte. Ich kann dir da nichts sagen. Und am Telefon schon gar nicht.«

»Und wenn ich zu dir nach Wien komme?«

»Auch dann musst du einen guten Grund haben, damit ich dir was erzähle. Aber komm einmal her, wenn du das glaubst. Wann kannst du denn?«

»Morgen Nachmittag um drei. Passt? Bis dann. Servus.«

So wie jeden Mittwochabend fand auch an diesem die Chorprobe statt. Hemma hatte wiederum mehrere Funktionen, sie war Organistin, Dirigentin und auch Organisatorin des Kirchenchors. Wenn es galt, sich bei einem Wettbewerb anzumelden oder einen Ausflug oder eine Weihnachtsfeier zu organisieren, dann zählten alle immer auf die Hemma. Nicht zuletzt, weil man wusste, dass dann auch wirklich alles klappte.

Hemma hatte ihren Chor gut in Schuss. Dies lag nicht so sehr an dem Stimmpotenzial, das ihr zur Verfügung stand. Nein, vielmehr lag es an Hemmas musikalischem Geschick. Und so, wie ein guter Fußballtrainer auch aus durchschnittlichen Spielern eine gute Mannschaft formen kann, konnte Hemma erstaunlich viel aus einer Ansammlung nicht so schlechter bis mittelmäßiger Sänger herausholen.

Da wir uns schon in der zweiten Oktoberhälfte befanden, war die verbleibende Zeit bis zum Advent oder bis Weihnachten bereits überschaubar. Also war es höchste Eisenbahn, sich mit dem entsprechenden Repertoire auseinanderzusetzen.

»Tauet, Himmel, den Gerechten« wurde für die Adventzeit geprobt. Und hier hatte man keinerlei Probleme, sang man dieses barocke Adventslied doch schon seit Jahrzehnten. Die meisten konnten es sogar auswendig.

»Tauet, Himmel, den Gerechten! – Wolken! regnet ihn herab! – Also rief in langen Nächten – Einst die Welt, ein weites Grab!«

Was für vibrierende Verse, auch wenn man dem Inhalt dieser Zeilen nicht so ganz folgen konnte: »Also rief in langen Nächten, einst die Welt ein weites Grab!« Irgendwer musste sich dabei was gedacht haben. Was, das blieb wohl ein Geheimnis.

Deutlich schwieriger wurde es beim »Transeamus«, welches immer als Höhepunkt der Mitternachtsmette gesungen wurde. Seit der alte Fleischhacker gestorben war, hatte sich niemand mehr gefunden, der die Zeile »Transeamus usque Bethlehem« mit so einer Resonanz singen konnte. Dafür brauchte man schon einen ordentlich sonoren Bass.

Irgendwie fehlte Hemma an diesem Abend aber die Konzentration, deshalb wurde schon eine halbe Stunde früher Schluss gemacht. Und der ganze Tross wanderte dementsprechend früher hinüber zum Dorfheurigen. Doch auch hier hielt es Hemma an diesem Abend nicht lange. Früher als sonst verabschiedete sie sich, ging nach Haus, setzte sich in ihren Lehnstuhl, schenkte sich noch ein Glas Veltliner ein. Und dachte einfach nach.

Hemma fragte sich von Zeit zu Zeit, ob das Leben, das sie gewählt hatte, wirklich so optimal war. Und ob sie sich, wenn sie heute dreißig Jahre jünger wäre, wieder für diesen Weg entscheiden würde.

Vor dreißig Jahren war Hemma noch eine junge Frau, die Matura hatte sie bereits hinter sich, und ihr Traum war immer gewesen, am Konservatorium Klavier zu studieren. Es gab damals auch einen Mann in ihrem Leben, und es war für Hemma durchaus vorstellbar, ihn zu heiraten und Kinder mit ihm zu bekommen.

Ungefähr zu dieser Zeit setzte es für Hemma fast gleichzeitig zwei kräftige Watschen. Ihr Geliebter hatte eine Affäre mit einer anderen Frau, die dann auch noch von ihm schwanger wurde. Und das Konservatorium bescheinigte ihr zwar Talent, aber nicht genug davon. Man lehnte sie ab.

Für Hemma ließen diese beiden Schicksalsschläge ihre Welt zusammenbrechen. Sie wurde depressiv, verlor Mut, Energie und Lebenswillen. Und es lag an ihrem Bruder Pepperl, der damals noch Kooperator war, dass kein größeres Unheil geschah. Pepperl kümmerte sich um seine Schwester, beschäftigte sie, um sie von ihren Sorgen abzulenken, gab ihr wieder Mut und Kraft. Und weil er sie nicht allein lassen wollte, nahm er sie als seine Köchin mit, als er seine erste Stelle als Pfarrer erhielt, hier in Niederfeld. Wo es ihm gleich so gut gefiel, dass er gar nicht mehr wegwollte, und wo er bestimmt bis zu seiner Pensionierung bleiben würde. Die konnte bei einem Pfarrer sehr spät erfolgen, denn es war ja nicht so, dass der Nachwuchs schon an seinem Sessel sägte.

Auch Hemma begann sich sehr schnell und gut in Niederfeld einzuleben, sie wurde respektiert, mit Fräulein Hemma angeredet. Und auch wenn im Dorf mehr oder minder alle miteinander per Du waren, so wurde Hemma nur von jenen Leuten geduzt, denen sie es ausdrücklich angeboten hatte. Den Pfarrer übrigens duzte überhaupt niemand.

Aber inzwischen war Hemma schon über fünfzig, und sie war noch immer das Fräulein Hemma. Aber was war ein über fünfzigjähriges Fräulein anderes als eine alte Jungfer? Eine Übriggebliebene. Eine vom Schicksal Übergangene, eine, der Amors Pfeil am Arsch vorbeiging. Auch wenn es, wie wir wissen, nicht so war, für die Gemeinde war eine Pfarrersköchin immer eine Unbefleckte, eine zölibatär lebende und langsam dahinrunzelnde Frauensperson, die nicht durch irgendeine Weihe, sondern durch ihr persönliches Schicksal in diese Situation geraten war.

Hemma selbst und einige wenige wussten natürlich, dass das offizielle Bild, welches man sich von ihr machte, so nicht zutraf. Ihr Freund, damals vor dreißig Jahren, war so etwas wie ein Lebensgefährte gewesen. Und sie hatten bei Gott nicht immer nur Händchen gehalten. Außerdem war er nicht der Einzige, auch davor hatte es schon Liebesgeschichten gegeben. Hemma war nicht dafür berühmt, dass sie über Gebühr schwer zu knacken war. Sie war halt wie alle anderen auch, lebensfroh, genusssüchtig und in ihren Gedanken frei wie eine Blumenwiese.

Was ihre Religiosität betraf, da war sie auch nicht besonders verhaltensauffällig gewesen. Es hatte überhaupt nichts darauf hingedeutet, dass sie ihr Leben einmal im Schoß der heiligen Mutter Kirche verbringen würde.

Und jetzt verbrachte sie fünfzig Prozent ihrer Zeit in der Kirche, sang und spielte Kirchenlieder, wusch und bügelte Ministrantenhemden. Und machte einem Pfarrer für den Rest ihres Lebens den Schani, nur weil er sie einmal im Leben in einer schweren Zeit unter seine Fittiche genommen hatte. Aber, um der Gerechtigkeit willen, wäre er damals nicht für sie da gewesen, was wäre aus ihr geworden, und wäre sie dann überhaupt noch auf dieser Welt?

Trotzdem: Selbst wenn sie Kirchendienerin war, so war sie ja trotzdem ein Mensch und vor allem auch noch eine Frau. Mit Gefühlen, mit Wünschen und Sehnsüchten, mit Begehren, Trieben und Träumen.

Wie ihr Bruder das machte, das wusste sie nicht, und darüber sprach sie auch nicht mit ihm. Wenn sie alle zwei Wochen sein Bettzeug und jede Woche seinen Pyjama wechselte, so fand sie nie ein Indiz, dass er seine menschlich-männliche Lust nicht unter Kontrolle hatte. Aber wahrscheinlich beschäftigte auch ihn dieses Thema, Gott hatte schließlich alle Menschen mit einem Verlangen nach Gedanken, Worten und Werken ausgestattet. Das nahm er doch wegen einer Priesterweihe nicht so mir nix, dir nix zurück!

Das Leben in einem Pfarrhof und die permanente Auseinandersetzung mit der Kirche und den Kirchengesetzen hatten aber auch bei Hemma ihre Spuren hinterlassen. Beispiel: Hubert. Alleinstehend, attraktiv, ein absolut guter Kerl. Es war nicht nur eine Rauschgeschichte gewesen, dass Hemma mit Hubert bereits einmal eine Liebesstunde verbracht hatte. Sicher wollte sie damit ihre jahrelange Enthaltsamkeit unterbrechen, sicher wollte sie einmal wissen, ob das alles noch so war, wie sie es sich in ihrer Erinnerung und ihren Gedanken immer wieder vorstellte. Hinzu kam aber, dass ihr der Hubert wirklich gefiel. Aber sie konnte sich nicht entscheiden, wie sie damit umgehen sollte.

Ein heimliches Gspusi zwischen Polizist und Pfarrersköchin, das ging einfach nicht. So etwas kommt immer raus, und dann wird im ganzen Dorf nur noch gespottet und getuschelt. Eine offizielle Beziehung ging sich aber auch nicht aus, mit dem Hubert zusammenziehen und den Pepperl alleinlassen war erst recht nicht vorstellbar.

Ja, es war ein Kreuz, unter dem sie und bestimmt auch der Hubert litt, denn dass er Hemma begehrte, daraus machte er sowieso keinen Hehl.

Es war schon relativ spät, als Hemma das Glas leerte und endlich zu Bett ging. Ein wenig setzte sie ihre Gedanken noch fort, bis sie endlich der Schlaf übermannte.

SIEBEN

Schon beim Frühstück kündigte Hemma ihrem Bruder an, dass sie zu Mittag nicht hier sein werde, weil sie nach Wien fahren müsse. Sie werde aber zuvor noch eine Lasagne kochen, davon könne er sich zu Mittag ein Stück in die Mikrowelle schieben.

»Und was machst du in Wien?«

»Ich muss jemanden treffen.«

»Hast du ein Geheimnis?«

Ja, das hatte sie, nämlich einen Mordfall. Ihr Bruder Pepperl war allerdings so ziemlich der Letzte, dem sie das anvertrauen würde. Er hätte das Ganze ohnehin nur als Spinnerei abgetan, so eine Diskussion mit ihm wollte sie sich lieber von vornherein ersparen.

»Ich muss dir allerdings auch etwas ankündigen. Und darum ist es vielleicht nicht so gut, wenn du heute nach Wien fährst. Gestern am späten Abend hat mich noch der Bischof Kramer angerufen. Am Sonntag ist ja bei uns das Kellergassenfest. Und da möchte er uns gern besuchen.«

»Was, am Sonntag kommt der Bischof? Aber doch privat, oder?«

»Ein Bischof ist niemals privat. Das heißt also volles Programm.«

»Wie bitte? Und das erfahren wir erst jetzt, drei Tage davor? Weißt du, was es da alles zu organisieren gibt? Musikkapelle, Feuerwehr, Schützenverein, Trachtenverein, die Schulkinder, wie soll denn das alles gehen?«

»Das schaffst du schon. Kochen musst du übrigens nichts, schau nur, dass bei einem der Winzer eine Tafel gedeckt ist. Und dass die Kirche in einem ordentlichen Zustand ist, er wird mit mir gemeinsam das Hochamt lesen.«

»Ich glaub es einfach nicht. Und eines noch: Erwarte

nicht, dass ich mich dann in der Kellergasse zum Bischof setze.«

Und damit sprach Hemma ein Problem an, das auch dem Pfarrer bewusst war, nur konnte er sich in seiner Position nicht dagegen wehren. Der Bischof Kramer war nämlich bekannt für seinen unglaublichen Wurf.

Wenn einer einen »Wurf« hat, oder wenn man sagt, »der wirft«, dann sind dies Ausdrücke für eine mangelnde Körperhygiene. Der Bischof hatte offenbar eine besondere Beziehung zu Wasser und Seife, nämlich eine sehr distanzierte bis gar keine. Vielleicht verwendete er sogar manchmal ein Deo in dem Glauben, dass er damit das mangelnde Wasser kompensieren könnte. Natürlich funktionierte das nicht. Und seine ganze Umgebung hatte das gemerkt, nur er selber nicht.

Mitverantwortlich war dabei auch, dass der Bischof immer viel zu viel anhatte. Wenn andere im Sommer nur mit einem Leiberl herumliefen, trug er Unterhemd, Hemd und Weste. Im Winter konnte er überhaupt nicht genug Schichten übereinanderlegen. Dadurch schwitzte er natürlich viel. Und durch die dicken Stoffschichten konnten sich seine Ausdünstungen auch nicht verflüchtigen.

Das Problem war: Wenn ein Kind sich zu wenig wäscht, dann ist meist eine Mutter da, die ermahnend und korrigierend eingreift. Liebespaare und Eheleute weisen sich gegenseitig drauf hin. Menschen, die einander sonst nahe sind, betrachten es als Verantwortung und Freundschaftsdienst, den Betroffenen diskret zur Seite zu nehmen und das Thema anzusprechen. Aber wer sagt es einem Bischof? Eminenz, Sie müssen sich mehr waschen, Eure Geistlichkeit, Sie stinken – das geht einfach nicht. So war der Bischof der Einzige, dem sein Wurf nicht auffiel, während alle Menschen um ihn herum die Nase rümpften und zu tuscheln begannen.

Hemma hatte an diesem Morgen hin und her überlegt, ob sie nun nach Wien fahren oder gleich mit der Organisation des Bischofempfangs anfangen sollte. Aber das Gespräch mit dem Privatdetektiv war ihr so wichtig, dass ihre Entscheidung lautete, nach Wien zu fahren. Während der Autofahrt konnte sie ja einige Telefonate führen und so klären, was zu klären war.

Sie stieg ins Auto. Und kaum hatte sie Niederfeld verlassen, rief sie den Volksschuldirektor an, um ihm zu sagen, dass am Sonntagvormittag die Schulmädchen in weißen Kleidchen und die Buben in weißen Hemden und Lederhosen erscheinen sollten. Auch bat sie den Direktor, mit dem Schülerchor ein Lied für den Empfang vorzubereiten, mit dem Kirchenchor ginge sich das einfach nicht mehr aus.

Ähnlich verfuhr sie mit dem Musikkapellmeister, dem Feuerwehrhauptmann und den Obleuten der Vereine.

»Macht es ungefähr so, wie ihr es bei der Fronleichnamsprozession gemacht habt.«

Und somit wussten alle in etwa, was zu tun war.

Erst als sie schon die Skyline von Wien vor Augen hatte, war sie mit ihren Telefonaten durch. Was sonst noch zu organisieren war, das würde sich in den nächsten zwei Tagen schon noch irgendwie ausgehen.

Prinzipiell war Hemma keine schlechte Autofahrerin. Aber wenn sie mit dem Auto durch die Stadt fuhr, fühlte sie sich nie so richtig wohl. Es gab einfach viel zu viele Faktoren, auf die man gleichzeitig achten musste, das war ihr zu anstrengend. Über Land hast du keine Ampeln, keine Zebrastreifen. Und wer zuerst zu einer Kreuzung kommt, der fährt zuerst. Nachdem die Dörfer auch tagsüber meist leer sind, muss man auch nicht besonders auf Fußgänger achten. Man fährt aber trotzdem langsam durch ein Ortsgebiet, es könnten ja ein paar Hühner über die Straße laufen.

Auf Hühner musste Hemma in Wien nicht achten, aber

das war auch schon der einzige Vorteil. Alles andere war für sie Chaos pur. Dazu kam noch die verdammte Parkplatzsuche, die Frage, ob man hier stehen bleiben durfte, ob gratis oder ob es etwas kostete. Das alles wollte sich Hemma nicht antun, darum ließ sie wie immer ihren Wagen in einer Park-and-Ride-Garage stehen und fuhr mit der U-Bahn ins Zentrum.

Robert Stummvoll wohnte in der Taubstummengasse im vierten Wiener Gemeindebezirk. Unweit einer Station der U1, was praktisch war, so musste Hemma nur einmal umsteigen.

Robert empfing Hemma mit breitem Lächeln, wobei seine verrauchten Zähne ebenso wenig blitzten wie die abgegriffenen Goldkettchen. Man merkte aber, dass er die feuchtfröhlichen Abende beim Heurigen in Niederfeld noch sehr gut und positiv in Erinnerung hatte. Wie es der feschen, jungen Wirtin ginge, war für ihn die vorrangigste Frage.

Serviert wurde Kaffee, auch zu einer Topfengolatsche wollte Hemma nicht Nein sagen. Smalltalk war aber nur ganz kurz angesagt, Hemma kam sofort auf den Punkt. Es ging ihr um die Frage, in wessen Auftrag der Detektiv in Niederfeld gewesen war und ob er dazu etwas herausgefunden hatte.

»Hemma, ich habe dir schon am Telefon gesagt, dass ich darüber nicht einfach so reden darf. Wir Detektive haben da einen Ehrenkodex. Außerdem würden wir keine Aufträge mehr bekommen, wenn wir herumplappern würden. Du brauchst schon ein überzeugendes Argument!«

»Okay, Robert, dann erzähle ich dir etwas. Aber auch hier gilt dein Ehrenkodex. Du musst mir hoch und heilig versprechen, dass du es für dich behältst.«

Und dann begann Hemma, ihm die ganze Geschichte zu erzählen, von der Leichen-Loisi und der Leiche, die sie gesehen hatte, dass diese danach verschwunden war, dass da sicher etwas passiert sei, aber dass es keine offizielle Fahndung gab und kein offizieller Akt angelegt wurde, weil das Beweis-Eis einfach zu dünn war.

»Gut, Hemma, das ist eine spannende Geschichte. Aber ich sehe hier zu meinem Auftrag in Niederfeld überhaupt keinen Zusammenhang. Tut mir leid, Hemma …«

»Schau, darum geht es ja, dass wir herausfinden, ob es diesen Zusammenhang gibt. Irgendwo muss eine Person verschwunden sein. Eine Person, um die sich irgendetwas Nichtalltägliches, irgendein Geheimnis gesponnen hat. Du hast wahrscheinlich jemanden observiert, oder? Vielleicht wurde diese Person nachher umgebracht.«

»Also bitte, Hemma, das ist Phantasterei. Gut, ich habe jemanden observiert. Wenn diese Person umgebracht worden wäre, hätte mich mein Auftraggeber wahrscheinlich längst schon informiert. Aber da war nichts.«

»Bitte, Robert, schau, irgendwo müssen wir ja anfangen.«

»Wieso wir?«

»Dann meinetwegen halt ich.«

»Aber wie kommst du überhaupt auf die Idee, dass ich dir dabei helfen könnte?«

Und das war genau die Frage, die Hemma immer wieder in Zugzwang brachte. Was sollte sie ihm sagen? Die Himmelmutter hat mir das gesteckt? Göttliche Eingebung? Ich habe es im Wiki-Jenseits gegoogelt?

»Weibliche Intuition!«

»Ehrlich?«

»Robert, sag es mir einfach. Bei allem, was mir heilig ist, kraft meines Amtes als Pfarrersköchin, Mesnerin, Kirchenorganistin, Ministrantenführerin und was sonst noch dazukommt: Ich schwöre dir beim Schoß der Heiligen Jungfrau, dass kein Mensch erfahren wird, dass ich mit dir geredet habe und dass du mir irgendetwas erzählt hast. Es ist bei mir sicherer aufgehoben, als wenn du es meinem Bruder beichten würdest. Und der würde nicht einmal etwas weitersagen, wenn du ihm einen Mord anvertraust.«

»Mensch, Hemma, das scheint dir ja wirklich wichtig zu sein. Also in Gottes Namen, aber wenn nur einer erfährt, dass ich dir etwas erzählt habe, dann schieße ich dich durch Sonne und Mond.«

»Einverstanden!«

»Also gut. Mein Auftraggeber war der Gustav Kleist.«

»Der Großwinzer?«

»Ja. Und er hatte den Verdacht, dass seine Frau eine Affäre hat. Und ich sollte der Sache auf den Grund gehen.«

»Die Marie Kleist ein Gspusi? Na, warum eigentlich nicht? Und, hat sie eines?«

»Ja. Aber mit wem, sag ich dir jetzt wirklich nicht mehr. Ich habe ohnehin schon zu viel gesagt.«

Darauf konnte man sich einigen.

Auf den Heimweg rief Hemma den Hubert an, denn irgendwie wollte sie sich auf die weitere Vorgangsweise mit ihm einigen. Da er am Nachmittag während seines Dienstes kaum noch Zeit hatte, schlug er vor, dass sie am Abend zu ihm nach Hause kommen sollte.

»Soll ich was zu essen richten?«

»Nein, nein, ich esse mit dem Pepperl. Schau, dass du ein Glas Wein für mich hast. Und Hubert ... ich will nicht, dass es zu eng wird. Es ist nicht die Zeit dafür.«

Sagte sie. Denken konnte sie ja ganz was anderes, die Gedanken waren schließlich frei.

So gegen halb acht schwang sich Hemma wieder auf das Fahrrad und fuhr hinüber zu Hubert. Dieser war inzwischen in Zivil, zum Wohnungsaufräumen war ihm nicht mehr allzu viel Zeit geblieben, aber das kannte die Hemma ja schon.

Hemma ließ ihm gerade noch Zeit, den Veltliner aufzuschrauben und die beiden Gläser einzuschenken, und schon begann die Fragerei.

»Hast du schon mit dem Kurtl Brauner gesprochen? Hat er dir gesagt, wer die verreiste Patientin ist?«

»Nein, hab ich noch nicht, Hemma. Ich hab heute wirklich viel zu tun gehabt. Aber morgen werde ich ihn gleich in der Früh anrufen.«

Während der ersten Flasche löcherte sie ihn mit allerhand Fragen. Bei der zweiten ging es um einen Schlachtplan. Hemma merkte, dass der Hubert noch immer nicht von dem Mordfall überzeugt war, darum räumte er dem Ganzen auch nicht die entsprechende Priorität ein. Hemma fand das nicht nur traurig, mit jedem Achterl Wein wurde sie auch eine Spur beleidigter. Sie empfand es schließlich als persönliche Demütigung, dass Hubert diesen Mord nicht so behandelte, wie ein Polizist einen Mord zu behandeln hatte.

»Du glaubst mir einfach nicht. Und das ist in Wirklichkeit eine Riesenfrechheit und Gemeinheit.«

»Aber Hemma, dir glaube ich doch jedes Wort. Aber ob die Leichen-Loisi sich nicht einfach etwas zusammengesponnen hat, das kann doch wirklich keiner sagen.«

»Die Loisi spinnt aber nicht.« Und da gab es bereits den ersten deutlich hörbaren Zungenschlag.

»Also, dass die Loisi ein bisserl spinnt, das steht wohl außer Zweifel. Wer Tage und Nächte auf dem Friedhof verbringt, immer nur zwischen Gräbern und Leichen herumwühlt … Da kann es schon passieren, dass sie sich etwas zusammenphantasiert.«

»Ich sage, die Loisi spinnt nicht und hat eine Leiche gesehen.«

»Und ich sage, die Loisi spinnt und hat keine Leiche gesehen.«

»Und ich sage, selbst wenn die Loisi spinnen würde, könnte sie trotzdem eine Leiche gesehen haben.«

»Und ich sage, sie spinnt und hat deshalb keine Leiche gesehen.«

Auch Hubert spürte inzwischen den Wein, und es war vielleicht nicht die beste Idee, noch eine dritte Flasche zu öffnen.

»Wenn die Loisi nicht spinnt und eine Leiche gesehen hat, dann heißt das nicht automatisch, dass sie keine Leiche gesehen hat, wenn sie spinnt.«

»Heißt es schon, das nennt man Umkehrschluss.«

»Ich pfeif auf deinen Umkehrschluss, der zählt hier nicht.«

»Dann pfeif halt drauf. Aber der Umkehrschluss zählt immer. Oder du beweist mir das Gegenteil!

Hemma nippte noch einmal am Wein, konzentrierte sich, gab ein stilles Bäuerchen von sich, und dann hub sie an.

»Schau, ein Beispiel: Der Romulus und der Remus haben zusammen Rom gegründet. Dann hat aber der Romulus den Remus erschlagen, und so blieb nur mehr er allein übrig. Und deshalb wurde die Stadt dann Rom genannt. Wenn es aber umgekehrt gewesen wäre, dann wäre der Remus übrig geblieben, und die Stadt würde nicht Rom, sondern Rem heißen. Dann hätte es das Remische Reich gegeben, und das hätte halb Europa überfallen. Die Romantiker wären die Remantiker geworden, und wir würden heute Remane lesen. Und die Weingläser würden auch Remer heißen, wir hätten einen Remertopf in der Küche, auf der Kirchturmuhr wären remische Zahlen …«

»Super«, meinte Hubert, der inzwischen auch schon einen glasigen Blick hatte. »Aber was redest du denn da, das ist doch kein Umkehrschluss.«

»Ich sag ja, es gibt hier keinen Umkehrschluss. Weil der Rembrandt würde deswegen nicht Rombrandt heißen. Und ein Rempler wäre deswegen kein Rompler.«

»Und ein Remmidemmi wäre kein Rommidommi. Hemma, ich glaube, das bringt heute nichts mehr. Trinken wir aus und machen Schluss. Wir werden heute nicht mehr gescheiter.«

Hemma stieß noch ein »Okay« aus, dann machte sie sich langsam daran, sich zu erheben und zur Tür zu gehen, wobei sie jeden Schritt genau kontrollierte.

Bevor Hubert die Haustür aufschloss, zog er Hemma an

sich und nahm sie einmal kräftig in den Arm. Und Hemma wehrte sich nicht dagegen, weil es ihr richtig guttat. Sie hatte auch keinen Einwand, als Huberts Hand ihren Rücken streichelte. Und sie hielt sogar still, als seine Hand mehrfach über ihren Hintern glitt, um ihr haptisch »lieb« zu sagen.

»Rufst du eh morgen den Brauner an?«

»Sicher. Und noch eines, Hemma. Sei gescheit und schieb dein Radfad … dein Fahrrad heute.«

Es gab noch ein dickes Busserl auf die Wange. Hemma schob ihr Fahrrad, allerdings nur, bis sie sah, dass Huberts Haustür zuging.

Dann stieg sie auf und begann mühsam, die Pedale zu treten. Sie brachte aber keine gerade Spur mehr zusammen. In Schlangenlinien strampelte sie durch das Dorf, einmal wäre sie fast umgekippt und konnte sich gerade noch rechtzeitig mit dem Fuß abstützen. Aber ein paar Meter weiter gelang ihr das leider nicht mehr. Hemma stürzte um und lag samt ihrem Fahrrad auf der Straße.

Zum Glück war keine Menschenseele zugegen, das wäre ihr unheimlich peinlich gewesen. Sie spürte aber, dass sie oberhalb des Auges mit dem Kopf aufgeschlagen war. Scheiße, dachte Hemma. So eine Riesenscheiße. Das gibt wieder einen blauen Fleck. Und die ganzen Trotteln werden wieder ihren Spaß haben. Hemma Thom, wird es wieder heißen, alle würden über die Hemma Thom reden. Hinter ihrem Rücken würde wieder getuschelt werden, der ganze Dorfschmäh würde sich wieder nur um Hemma Thom drehen. Wehe, wenn sie einmal herausfand, welcher Arsch diesen Namen für sie aufgebracht hatte. Wenn sie den erwischte …

Das restliche Stück bis zum Pfarrhof schob Hemma ihr Rad. In ihrer Wohnung ging sie zuerst einmal ins Badezimmer, um im Spiegel ihr Auge zu betrachten. Zum Glück war nicht viel passiert, nur ein kleiner Kratzer, den man mit etwas Puder ganz gut wegretuschieren konnte. Was für ein Glück. Wenn sie wieder einmal mit dem Hubert drei Flaschen Veltliner trinkt, wird sie sicher ihr Radl schieben. Oder es gleich stehen lassen.

ACHT

Am nächsten Morgen war das Aufstehen alles andere als lustig. Morgens im Badezimmer versuchte Hemma noch, die kleine Schramme über dem Auge zu kaschieren. Und weil das ein wenig dauerte, wäre sie fast zu spät in die Kirche hinübergekommen, wo an diesem Tag, wie jeden Freitag, Schülermesse war. Das hieß, die gesamte Volksschule war mehr oder minder kollektiv vergattert, die Messe zu besuchen.

Merkmal der Schülermesse war, dass der Pfarrer versuchte, sich in seiner Predigt noch verständlicher auszudrücken, obwohl er sonst eigentlich auch immer Klartext redete. Und auch das Chor-Repertoire war eher auf Kinder und Jugendliche abgestimmt. Es sollte ihnen schließlich ein wenig Spaß machen, in aller Herrgottsfrühe in der Kirche zu sitzen.

Beim Frühstückstisch gab es wieder ein paar Vorwürfe. Hemma hatte den Cowboys die roten Krägen hingelegt, obwohl an diesem Tag grün angesagt war. Und auch an der Orgel habe sie etwas unkonzentriert gewirkt. Auch wenn das den meisten Besuchern nicht aufgefallen war, der Pfarrer merkte das sofort.

»Was ist denn los mit dir, Hemma? Du kommst mir die ganze Woche schon ein wenig anders vor. Gibt es irgendetwas, was du mir erzählen möchtest?«

»Nein, Pepperl, es passt eh alles.«

Aber Hemma wusste natürlich, dass sie ihrem Bruder nichts vormachen konnte. Und wenn der einmal einen Braten gerochen hatte, würde er auch so schnell nicht mehr loslassen.

»Also los, Hemma, was ist? Erzähl schon!«

»Wenn ich dir das jetzt erzähle, Pepperl, dann musst du dir das wie bei einer Beichte vorstellen. Absolute Schweigepflicht, kannst du mir das versprechen?«

Es war sicher nicht so sehr seelsorgerische Verantwortung, sondern viel mehr die Neugier, die den Pfarrer veranlasste, Hemma seine absolute Diskretion zu garantieren. Bei der Beichte war es ja nicht anders. Oft hätte es gereicht, wenn ihm die eine oder andere Sünde pauschal gebeichtet worden wäre. Aber es trieb ihn immer die Neugier, wenn er nach Details fragte, besonders, wenn es um die delikaten Sünden ging.

Also begann Hemma, ihm ihren Fall anzuvertrauen, vom Nachterlebnis der Leichen-Loisi angefangen bis hin zu den misstrauischen Ärzten und Polizisten, die ihr zwar alle zuhörten, sie aber nicht wirklich ernst nahmen.

Auch der Pfarrer glaubte ihr nicht so recht, er hörte sich die Geschichte jedoch sehr aufmerksam an, denn wenn sie auch nicht stimmte, zumindest war sie spannend.

»Und hast du irgendeine Idee, wer diese Leiche sein könnte?«

»Nur einen ganz leisen Verdacht, frag mich aber nicht, wieso, ich habe meinem Informanten gegenüber auch ein Schweigegelübde ablegen müssen. Außerdem wäre es sowieso viel zu früh, darüber zu reden.«

Nein, den Namen Marie Kleist wollte sie vor ihrem Bruder noch nicht aussprechen. Zumindest nicht in Verbindung mit ihrem Fall. Daher erklärte sie das Thema nun für abgeschlossen.

Aber gleich im nächsten Satz erwähnte sie Marie Kleist in einem ganz anderen Zusammenhang. Sie berichtete ihrem Bruder, dass sie heute noch ins Weingut hinüberfahren werde, um mit der Frau Kleist die Weinspende für das Leonhardifest zu besprechen. Dass dies nur ein Vorwand war, behielt sie für sich. Tatsächlich wollte sie ja nur wissen, ob die Marie Kleist persönlich anzutreffen war. Wenn ja, kam sie als Opfer nicht in Frage. Aber falls sie nicht anzutreffen wäre, dann …

»Mit der Frau Kleist wirst du heute sicher nichts besprechen können. Ich habe sie vor Kurzem noch getroffen. Da hat sie mir gesagt, dass sie wieder nach Afrika fahren werde. Ich glaube, nach Togo, hat sie gesagt. Du weißt ja, die fährt immer in exotische Länder und jagt dort den Käfern hinterher.«

Und da zuckte es plötzlich ordentlich in Hemmas Hirn. Denn die Spirale bog sich nun immer enger. Erstens suchte sie eine Frau. Das war Marie Kleist. Eine Frau aus der näheren Umgebung. Schon wieder Marie Kleist. Eine Frau, die irgendein Geheimnis in sich trug. Noch einmal Marie Kleist, Stichwort: außereheliches Vergnügen. Und dann suchte sie noch eine Frau, die nicht erreichbar war und trotzdem niemandem abging. Und schon wieder Marie Kleist. Dass Marie Kleist auch noch ein Pankreaskarzinom hatte, wusste Hemma zu diesem Zeitpunkt noch nicht. Aber sie ahnte es bereits. Es war also nur noch eine Frage der Zeit, bis Hemma alle Indizien beisammenhatte, um definitiv zu wissen, nach wessen Leiche sie suchen musste.

»Nach Togo, hat sie gesagt?«

»Ja, Togo. Also, ich würde da nicht mehr hinfahren.«

»Was heißt das, du warst ja eh noch nie in Afrika.«

»Sicher war ich schon dort, auch in Togo.«

»Und wieso weiß ich das nicht?«

»Du weißt halt nicht alles. Wie ich gesehen habe, wie die dort ihre Schildkrötensuppe zubereiten, habe ich beschlossen, dort nie wieder hinzufahren.«

»Ach so? Wie machen die das?«

»Das glaubst du nicht. Die werfen die lebenden Schildkröten in kochendes Wasser. Durch den Schock schlüpfen diese dann aus ihrem Panzer heraus. Dann fischen sie die Panzer aus dem Wasser und bemalen sie für die Touristen. Und die nackerten Schildkröten werden bei lebendigem Leib zur Suppe verkocht.«

»Ehrlich?«

»Ehrlich!«

Hemma hatte nun das Gefühl, in ihren Nachforschungen einen entscheidenden Schritt weitergekommen zu sein, zumindest, was die Identifizierung der Leiche betraf. Nun wollte sie es wissen, nun wollte sie endlich Nägel mit Köpfen machen. Daher packte sie wieder einmal das Fahrrad und fuhr hinüber aufs Polizeikommissariat.

Dort saß der Hubert hinter seinem Schreibtisch, den Kopf noch in der Dunstglocke des Veltliners. Hemma erwischte ihn, als er gerade seine Tageszeitung las.

»Nimm Platz, Hemma, magst du auch einen Kaffee? Und … oh je! Bist du doch mit dem Fahrrad gefahren?«

»Man sieht eh kaum etwas. Nur du, weil du mich immer ganz genau anschauen musst. Dem Pepperl zum Beispiel ist überhaupt nichts aufgefallen.«

»Und ich habe dich noch gewarnt …«

»Ja, passt schon. Was ist, hast du mit dem Dr. Brauner schon gesprochen?«

»Nein, ich bin erst vor Kurzem ins Büro gekommen. Aber sollen wir uns das wirklich antun? Wir blamieren uns doch nur.«

»Du bist eine richtig feige Nuss, ich hätte gedacht, dass du mich mehr unterstützen würdest. Dann ruf ich ihn eben selber an. Hast du seine Nummer?«

Und schon wollte Hemma nach dem Telefon greifen, doch Hubert kam ihr zuvor. Feige Nuss, das musste er sich wirklich nicht bieten lassen.

»Stell auf Lautsprecher«, bat Hemma ihn noch.

Und nach dreimal klingeln hörten sie: »Dr. Brauner.«

»Servus, Kurt, da ist der Hubert Güntschl. Du, die Hemma sitzt mir gegenüber, und wir würden gern wissen, ob du in unserer Angelegenheit schon etwas sagen kannst?«

»Also, ich habe der Frau eine SMS geschrieben. Und sie hat mir geantwortet, dass sie noch nicht möchte, dass sich ihre Krankheit herumspricht. Ich kann euch da jetzt leider nicht helfen.«

So leicht ließ sich Hemma aber sicher nicht abspeisen.

»Servus, Kurtl. Machen wir doch ein Spiel. Ich sage dir den Namen der Frau. Und wenn ich falschliege, sagst du Nein. Wenn ich aber richtigliege, sagst du einfach gar nichts. Okay?«

»Hemma, ich habe jetzt nicht die Zeit für Spiele. Und du wirst mir jetzt tausend Namen aufzählen, in der Hoffnung, dass ich einmal nicht Nein sage.«

»Nein, Kurt. Wir spielen das Spiel nur einmal. Dauert zwanzig Sekunden. Okay?«

»Meinetwegen, leg los.«

»Marie Kleist!«

Hubert sah Hemma völlig verblüfft an, ratlos, wie sie ausgerechnet auf die Großwinzerin kam. Gespannt schaute er auf das Telefon, eigentlich müsste doch jetzt ein Nein kommen.

Doch am anderen Ende der Leitung herrschte Stille. Keine Widerrede. Nichts.

»Also, ich muss dann wieder weitermachen. Grüß euch.«

Für kurze Zeit verschlug es Hubert echt die Sprache. Hemma hatte ihn doch in alle ihre Schritte eingeweiht, wieso wusste sie plötzlich etwas, was er nicht wusste?

»Da schaust du!«

»Da schau ich echt. Wie kommst du auf die?«

»Wurscht. Jedenfalls haben wir dort, wo die Leichen-Loisi eine Leiche gesehen hat, einen Blutfleck gefunden, in dem das Labor ein Karzinom festgestellt hat. Die Loisi ging auch davon aus, dass die Leiche eine Frau war. Nun wissen wir, dass nur ganz wenige Frauen in der Gegend dieses Karzinom haben. Und dass alle erreichbar sind bis auf eine. Haben wir jetzt einen Fall?«

Hubert atmete ein paarmal schwer durch, den Veltliner von gestern hatte es ihm ziemlich davongeweht.

»Nein, Hemma, Fall haben wir deswegen noch immer keinen. Aber du hast jetzt einen Verbündeten. Ich weiß noch nicht, wie wir es angehen werden. Aber ich glaube dir, und ich werde dir helfen.«

Im Weingut Kleist war am Freitagnachmittag immer früh Schluss. Zumindest für die Angestellten. Aber auch Gustav Kleist versuchte am Freitag immer etwas früher wegzukommen, um noch eine Runde auf dem Golfplatz zu drehen.

Seine Schwägerin Fini war noch im Büro. Wie Gustav durch die offene Tür sah, verabschiedete sie gerade den Hausgrafiker, mit dem sie offenbar den neuen Folder besprochen hatte.

Gustav nutzte die Gelegenheit, klopfte an Finis Bürotür und trat mit dem Vorwand ein, sich fürs Wochenende verabschieden zu wollen.

»Du, Gustl, ich mache mir ein bisschen Sorgen um die Marie. Ich höre überhaupt nichts von ihr.«

»Du weißt ja, wie sie ist. Wenn die einmal in ihrem Element ist, gehen links und rechts die Scheuklappen zu. Mir hat sie übrigens gestern eine SMS geschickt, dass eh alles in Ordnung ist. Und dass ich dich schön grüßen soll.«

»Ja? Hat sie auch geschrieben, wie es ihr gesundheitlich geht? Ich verstehe ja überhaupt nicht, wie sie in ihrem Zustand noch einmal wegfahren konnte.«

»Wahrscheinlich ist das für sie die einzige Möglichkeit, damit fertigzuwerden … und für uns wäre es eigentlich eine gute Gelegenheit, dass wir uns wieder ein wenig näher kommen.«

»Aber Gustl, wie soll denn das gehen? Bei mir ist der Clemens zu Hause. Und bei dir? Ich kann nicht in das Bett meiner Schwester steigen und sie mit ihrem Mann betrügen.«

»Fini, wir müssen uns drauf einstellen, dass es bald nur noch uns zwei geben wird. Ich möchte, dass ihr, du und der Clemens, dann zu mir zieht, wenn es die Marie einmal nicht mehr gibt. Und nach einer gewissen Anstandspause könnten wir auch heiraten.«

»Gustl, ich habe bei dir immer das Gefühl, dass du die Marie gar nicht schnell genug loswerden kannst. Noch lebt sie. Und das noch für eine längere Zeit. Sind wir froh. Und wenn es dann wirklich einmal so weit ist … dann werden wir sehen.«

»Aber du weißt doch, Fini, dass eigentlich *wir* füreinander bestimmt sind. Eigentlich müssten wir längst ein Paar sein, wir hätten schon immer eines sein müssen. Eigentlich war meine Ehe mit der Marie ein Irrtum …«

In diesem Moment klingelte es an der Haustür. Fini und Gustav sahen sich etwas überrascht an, sie hatten niemanden mehr erwartet. Freitagnachmittag, um diese Zeit? Es klingelte ein zweites Mal, und Gustav ging zur Tür.

»Fräulein Hemma, so eine Überraschung. Was kann ich für Sie tun?«

»Tut mir leid, wenn ich Sie unangemeldet überfalle. Aber ich war da in der Gegend. Und da hab ich mir gedacht, ich schaue einmal bei Ihrer Frau vorbei und frag sie wieder nach der Weinspende für den Leonharditag. So wie jedes Jahr, Sie wissen eh?«

»Das tut mir leid, Fräulein Hemma, meine Frau ist verreist. Aber wegen der Weinspende hätten Sie nicht extra vorbeikommen müssen, das machen wir einfach so wie letztes Jahr.«

»Ah, verreist?«, gab sich Hemma unwissend. »Wo ist sie denn, wenn ich fragen darf?«

»In Togo. Sie jagt wieder ihrem Ungeziefer hinterher.«

Und da merkte Hemma, dass sie sich auf das Gespräch eigentlich viel zu wenig vorbereitet hatte. Die Alibifrage mit der Weinspende reichte gerade einmal für einen Gesprächsanfang, eine längere Konversation ließ sich darauf nicht aufbauen.

»So, so, in Togo. Ganz schön weit weg. Und, äh …«

»Ja?«

Fini beobachtete die beiden durch die offene Tür und stieß schließlich auch dazu.

»Ja, Fräulein Hemma, lange nicht mehr gesehen, wie geht es denn so?«

»Grüß Gott, Frau Weber. Eh gut, ich wollte nur Ihre Schwester sprechen …«

»Wegen der Weinspende für das Leonhardifest«, warf Gustav ein. »Aber ich habe dem Fräulein Hemma eh gesagt, dass da alles klappen wird.«

Hemma war mit dem Gespräch und vor allem mit sich selbst völlig unzufrieden. Wie sollte sie da noch die Kurve kriegen?

»Und geht es Ihrer Frau so weit gut? So eine weite Reise. Das ist doch ziemlich anstrengend. Und sie ist ja auch keine zwanzig mehr.«

»Oh, die Marie ist das gewohnt. Was glauben Sie, wie die hart im Nehmen ist. Ab und zu schreibt sie uns eine SMS, Beschwerden befinden sich darin keine.«

»Aha, SMS schreibt sie. Hat sie auch schon angerufen?«

Gustav blickte Hemma etwas irritiert an, als wollte er fragen, was sie das denn wohl anginge. Hemma merkte natürlich, dass die Frage deplatziert gewesen war, und wollte das Gespräch wieder in gerade Bahnen bringen.

»Gibt es eigentlich eine direkte Flugverbindung von Wien nach Togo?«

»Nein, sie musste über München fliegen. Fini und ich haben sie am Samstagabend zum Hauptbahnhof nach Wien gebracht und in den Zug gesteckt.«

Und um noch etwas ganz Unverdächtiges zu sagen, erklärte Hemma schließlich: »Wussten Sie eigentlich, wie die in Togo ihre Schildkrötensuppe machen? Die werfen die lebenden Schildkröten in kochendes Wasser. Durch den Schock schlüpfen die Tiere aus ihrem Panzer heraus, der wird dann bemalt und an die Touristen verscherbelt. Und der Rest wird lebendig zu einer Suppe verkocht.«

»Ehrlich?«

»Ehrlich!«

»Also gut, Fräulein Hemma, wenn alles klar ist, werde ich mich schön langsam in Richtung Golfplatz bewegen. Und das mit der Spende klappt schon. Auf Wiedersehen.«

Und schon schloss sich die Eingangstür. Hemma stand ziemlich bescheuert da, das war ja wohl ein peinlicher Auftritt gewesen. Nichts herausgefunden, was sie nicht eh schon wusste. Nichts erfahren, nur eine blöde Figur abgegeben. Peinlich, peinlich, peinlich.

Zu Hause angekommen fiel ihr ein, dass sie die Leichen-Loisi schon länger nicht mehr gesehen hatte. Bestimmt war sie um diese Zeit auf dem Friedhof, also machte Hemma noch einen kleinen Abstecher dorthin.

Tatsächlich war die Loisi gerade wieder einmal dabei, Friedhofslaub aufzurechen. Sie winkte Hemma schon von Weitem zu. Ihre Arbeit unterbrach sie aber deswegen nicht, im Gegenteil, sie rechte sogar noch eine Spur schneller.

»Du lässt dich ja gar nicht mehr bei mir sehen, Loisi. Passt alles?«

»Weißt eh, ich hab so viel zu tun hier, gerade um diese Zeit. Und nach Feierabend leg ich mich immer gleich nieder. Seit der Geschichte mit der Leiche kann ich nämlich in der Nacht nicht mehr schlafen. Drum bin ich den ganzen Tag so müde.«

»Du Arme. Wälzt du dich auch eine ganze Nacht im Bett? Mir geht es ähnlich.«

»Wälzen hilft gar nichts mehr. Inzwischen stehe ich jede Nacht auf und geh ein wenig spazieren.«

»Ehrlich? Wohin gehst du denn da?«

»Irgendwohin in den Wald. Jede Nacht woandershin. Oft gleich für zwei Stunden.«

»Geh, Loisi, in der Nacht allein im Wald. Fürchtest du dich da nicht?«

»Aber Hemma, ich bin so oft, wenn es schon finster ist, hier allein auf dem Friedhof. Nur unter lauter Leichen und

Lichtern. Wer sich da nicht fürchtet, der fürchtet sich im Wald erst recht nicht.«

»Hast eh recht, Loisi. Vielleicht fahre ich einmal zu dir, wenn ich auch nicht schlafen kann. Dann gehen wir gemeinsam durch den Wald spazieren.«

»Gute Idee!«

NEUN

Gemeinsam mit der Loisi durch den stockfinsteren Wald? So etwas Verrücktes. Hemma hatte kein gutes Gefühl, als sie mitten in der Nacht von Loisis Keusche aus den Hohlweg entlangging. Sie zögerte, eigentlich wäre sie am liebsten gar nicht mehr weitergegangen. Aber die Loisi zog ständig an ihrer Hand.

»Komm schon, geh weiter, was soll denn schon passieren?«

»Nein, Loisi, drehen wir wieder um, ich fühle mich da jetzt überhaupt nicht wohl.«

»Jetzt sei nicht so feig, komm schon.« Und Loisi zog Hemma weiter an der Hand.

Im Wald waren die nachtaktiven Tiere noch unterwegs. Eulen mit Mäusen in den Schnäbeln flogen so knapp über Hemmas Kopf, dass sie den Luftzug spüren konnte, den die Vögel mit ihren riesigen Flügelschlägen erzeugten. Eine Fledermaus hätte sich fast in ihren Haaren verfangen.

»Ich gehe keinen Schritt mehr weiter …«

»Jetzt komm schon, da vorn ist eh gleich die Lichtung.«

Hemma spürte die Angst bis tief in die Knochen. Zitternd erreichte sie die Lichtung, die von ein paar Sternen erhellt war. Hier war das ganze Krächzen und Schreien und Trampeln sämtlicher Waldbewohner besonders deutlich zu hören.

»Jetzt komm schon!«

Als Hemma, von Loisi gezerrt, noch ein paar Schritte weiterging, sah sie plötzlich einen kleinen Hügel. Aufgehäufte frische Erde.

»Schau, wir sind gleich da«, meinte die Loisi und zog Hemma direkt vor den Hügel.

Nun konnte Hemma sehen, dass sie vor einem großen Loch stand. Zwei Meter lang, einen guten halben Meter breit, aber fast zwei Meter tief.

»Da hat einer weitergeschaufelt«, entfuhr es Hemma, und der Schreck ließ sie erstarren. »Das ist ja jetzt ein richtiges Grab! Für wen ist dieses Grab?«, schrie sie.

»Für dich!«

Doch dies sagte nicht die Loisi, es war eine tiefe Männerstimme, die die Worte sagte.

»Für dich!«

Entsetzt drehte Hemma sich um. Hinter ihr stand ein Mann, kräftig und mit finsterem Gesicht. In den Händen hielt er eine Spitzschaufel, die er nun hob, um auf Hemma einzuschlagen. Entsetzt trat sie einen Schritt zurück und merkte, dass sie keinen festen Boden mehr unten ihrem Fuß spürte. Sie stürzte ins Grab, landete auf dem Rücken und konnte sich nicht mehr bewegen. Plötzlich fühlte sie, wie ihr Erde auf den Bauch fiel. Sie blickte nach oben und sah, dass der Mann das Grab zuschaufelte. Sie konnte sich keinen Zentimeter bewegen und war auch nicht fähig, einen Schrei auszustoßen.

Sie spürte, dass ihr Körper bereits von den Füßen bis zum Hals mit Erde bedeckt war, nur ihr Gesicht war noch frei. Sie sah ihren Mörder, der, ohne eine Miene zu verziehen, einfach immer weiter schaufelte. Und da tauchte nun auch die Loisi wieder auf. Sie grinste Hemma an und warf mit der kleinen Sandschaufel ein Häufchen Erde ins Grab, so wie man es bei einem Begräbnis macht.

»Glaubst du noch immer, dass die Leichen-Loisi spinnt?« Und dabei kicherte sie wie die Hexe aus »Hänsel und Gretel«.

In diesem Moment konnte Hemma endlich tief Luft holen, und es gelang ihr, einen gewaltigen Schrei auszustoßen. So laut, dass sie sich selbst aufweckte. Schweißgebadet lag sie in ihrem Bett, zitternd, verängstigt, aber nun doch erleichtert. Scheiße, dachte sie. Wie konnte sie der Loisi gestern nur sagen, dass sie einmal nachts mit ihr in den Wald gehen würde? Kein Wunder, dass einen solche Gedanken dann im Schlaf verfolgten.

Am nächsten Morgen war das ganze Dorf schon früh auf den Beinen. Es war jener Samstag, an dem das alljährliche Kellergassenfest stattfand, das dann immer bis Sonntag spät in die Nacht dauert.

Die Kellergasse von Niederfeld liegt circa einen Kilometer außerhalb vom Dorfzentrum. Die Ahnen der heutigen Dorfbewohner hatten dort ihre Erdstollen in einen Lösshügel gegraben, meist fünfzehn bis zwanzig Meter lang. Hier wurde seit Generationen der Wein gelagert, weil es dort selbst im heißesten Sommer angenehm kühl war und an frostigen Wintertagen noch immer deutlich über zehn Grad hatte.

Die Keller waren nach außen hin durch eine Steinmauer mit einem Holztor abgeschlossen. Bei den meisten war auch gleich das Presshaus angebaut, welches inzwischen von fast allen Winzern zu einem Kellerstüberl umfunktioniert worden war. Hier konnten die Kunden den Wein verkosten. Aber auch die Einheimischen trafen sich hier, um zu singen, zu lachen und vor allem zu trinken.

Jene Winzer, die einen professionellen Heurigen betrieben, hatten das Stüberl häufig durch einen Anbau oder eine Aufstockung erweitert. In der Kellergasse von Niederfeld gab es gleich mehrere von diesen Heurigenlokalen, von denen zumindest immer eines ausgesteckt, also geöffnet hatte.

Doch an diesem Wochenende gingen alle Kellertüren auf. Schon am Samstagvormittag war der männliche Teil der Bevölkerung anwesend, um die Tische und Bänke vor den Kellern aufzubauen, Geschirr und Gläser vorzubereiten, Fritteusen und Griller anzuschließen, aber auch, um die Keller der Nachbarn zu besuchen, die allesamt an diesem Tag zum ersten Mal ihren Heurigen verkosteten, den diesjährigen Wein. Und das natürlich mit geschwellter Brust, ist doch jeder Winzer Jahr für Jahr stolz auf seine Produktion. Und wie immer lobte man sich gegenseitig, wenn die Winzer sich bei ihren Kollegen durchkosteten. Spucknäpfe hatte man bis dato in Niederfeld noch keine gesehen.

Der weibliche Teil der Niederfelder war zu dieser Zeit in den Küchen emsig.

Jede Winzerfrau bereitete ihre Spezialitäten zu, Schweinsbraten, Schopfbraten, Kümmelbraten, Surbraten, Bratlfett, Grammelschmalz, Liptauer, Eiaufstrich, Krautstrudel, Salate und, und, und. Den Gästen, die teilweise sogar aus Wien anreisten, sollte es an nichts fehlen.

Auch Hemma radelte bereits am Vormittag in die Kellergasse. Sie musste mit den Winzern besprechen, wer dieses Mal eine weiße Tafel für den Bischof decken sollte. Es war natürlich für jeden eine Ehre, den Bischof zu bewirten, und Hemma überließ es den Winzern, einen von ihnen dafür zu bestimmen.

Natürlich wurde Hemma in jedem Keller, bei dem sie vorbeikam, ein Glas Wein angeboten. Und irgendwann konnte sie auch nicht mehr ablehnen.

»Aber nur eines«, sagte sie. »Es ist ja noch so früh.«

»Und außerdem sind Sie ja mit dem Radl da«, meinte einer der Jungwinzer, was zur allgemeinen Erheiterung führte, der sich Hemma nur schwer anschließen konnte.

Am frühen Nachmittag war es dann so weit. Die Frauen hatten ihre Spezialitäten geliefert, auf den Grillern lagen die ersten Käsekreiner, und die ersten Musikgruppen, die einige der Winzer engagiert hatten, begannen aufzuspielen.

Schon gegen drei Uhr nachmittags war die Kellergasse zugeparkt, überall herrschte gute Laune, das Wetter passte obendrein. Nichts konnte das Fest abhalten, wieder einmal so richtig gut zu gelingen.

So gegen fünf am Nachmittag tauchte auch Hemma wieder auf. Erst einmal hielt sie Ausschau, ob sie den Hubert wo entdecken konnte. Er trug heute natürlich Zivil. Hätte er seine Uniform angehabt, wäre er zwar leichter zu finden gewesen, aber dann hätte er nichts trinken dürfen.

Hubert war ein durchaus korrekter Polizist, konnte aber

zwischen Arbeit und Freizeit immer sehr gut unterscheiden. Nicht im Traum wäre ihm eingefallen, heimlich mitzuzählen, wie viel Gläser der eine oder andere Gast getrunken hatte, bevor er ins Auto stieg, um dann die Kollegen zu alarmieren. Ein Kellergassenfest war überhaupt ein Ereignis, bei dem die Polizei immer sehr dezent auftrat. Schließlich ging es hier um die Verkostung des Weins. Und Wein war nicht nur das Wirtschafts-, sondern auch das Kulturgut Nummer eins in dieser Gegend. Und wer das nicht förderte oder ihm gar schadete, der hatte hier eigentlich nichts verloren.

Es war trotzdem nicht schwer, Hubert auszumachen, der sich gerade mit ein paar anderen Dorfbewohnern unterhielt, ein Glas Wein fest im Griff hatte und genüsslich in ein Grammelschmalzbrot biss. Hemma gesellte sich zu der Runde, bestellte ebenfalls ein Glas Veltliner und beteiligte sich am Gespräch, zog aber dann Hubert zur Seite, um ihn auf den neusten Stand der Dinge zu bringen. Dazu gehörte, dass sie ihm auch von dem peinlichen Gespräch mit den Kleists erzählte, wo sie nicht wirklich etwas Wichtiges herausgefunden hatte, bis auf die Bestätigung, dass Marie Kleist zurzeit in Togo weilte. Ihren Traum erwähnte sie nicht.

»Wusstest du übrigens, wie die dort die Schildkrötensuppe machen? Also, die werfen die lebenden …«

»Ehrlich?«

»Ehrlich!«

»Sag, wie machen wir denn jetzt weiter? Jetzt haben wir zwar den Verdacht, dass Marie Kleists Leiche irgendwo verbuddelt im Wald liegt. Aber vom Mörder haben wir noch überhaupt keinen Tau.«

»Ich weiß, Hemma. Lassen wir das Wochenende vorbeigehen. Und am Montag schmieden wir einen Plan.«

Hemma blieb an diesem Tag nur sehr kurz in der Kellergasse. Der nächste Tag wurde ein anstrengender, der Bischof würde ihr einiges abverlangen.

Am Sonntag besuchten nur sehr wenige Leute die Frühmesse, waren sie doch alle etwas angeschlagen vom Kellergassengelage. Außerdem wollten sie allesamt ins Hochamt kommen, das schließlich vom Bischof selbst gelesen werden sollte.

So gegen neun versammelten sich die Menschenmassen am Dorfplatz, um den Bischof zu empfangen. Die Vereine nahmen Aufstellung. Allen voran die Musikkapelle, gefolgt von der Feuerwehr, den Jägern und der Trachtengruppe, alle waren sie vollzählig anwesend. In vorderster Reihe standen die Volksschulkinder, die Mädchen in weißen Kleidchen, mit kleinen Herbstblumenkränzen auf dem Kopf. Die Buben, wie gesagt, in Lederhosen, alle sauber gewaschen und fesch frisiert.

Kurz darauf nahm auch der Pfarrer Aufstellung, begleitet von zwei Priestern aus den Nachbarpfarreien. Und acht Ministranten, alle gehüllt in rote Krägen und frisch gebügelte Chorhemden.

Hemma traf inzwischen noch die letzten Vorbereitungen in der Kirche, zündete sämtliche Kerzen an und zog sich dann auf ihren Platz an der Orgel zurück. Letzte Konzentration.

Kurz vor halb zehn war es dann so weit, eine schwarze Mercedes-Limousine bog in die Dorfstraße ein und fuhr in Schritttempo zum Hauptplatz. Hinten saß Bischof Kramer, der wie ein Hollywood-Star aus dem Wagen winkte.

Als die Limousine den Dorfplatz erreichte, setzte die Musikkapelle mit Trommelwirbel, Tschinellen und Trompeten ein. Zum Willkommen spielten sie den Neuner Feldjägermarsch.

Als der Bischof ausstieg, fiel als Erstes auf, dass er wieder einmal viel zu warm angezogen war. Mitte Oktober schon im Wintermantel, mit Sakko und dickem Pullunder drunten, kein Wunder, dass er da ins Schwitzen kam. Er schien sich dabei aber nicht unwohl zu fühlen.

Er begrüßte zuerst den Pfarrer, die anderen Priester und den Bürgermeister. Dann wandte er sich an alle anderen

Anwesenden und malte mit seiner Hand Kreuzzeichen in die Luft.

Das veranlasste den Hauptmann der Feuerwehr, in Stellung zu gehen und auszurufen: »Habt Acht! Zum Gebet!«

Und schon salutierte alles, was Uniform trug.

Eines der weißen Mädchen trat aus der Reihe, um dem Bischof einen Blumenstrauß zu überreichen und ein kleines Gedicht aufzusagen. Gerührt hob der Bischof das Mädchen auf und drückte es an sich. Nun geriet die Kleine ins Schwitzen, man merkte, wie sie sich bemühte, die Luft anzuhalten.

Anschließend zog der gesamte Tross in die Kirche, während Bischof, Priester und Ministranten sich in der Sakristei versammelten.

»Kann ich eines von deinen Messgewändern haben?«, fragte der Bischof. »Meine Kammerdienerin hat vergessen, mir eines einzupacken.«

»Selbstverständlich, Eminenz, suchen Sie sich eines aus«, antwortete der Pfarrer. Morgen wird es die Hemma in die Reinigung bringen, dachte er bei sich.

Die Messe wurde so feierlich wie möglich zelebriert, der Bischof hielt eine kurze Predigt, der alle gespannt lauschten, allein schon deswegen, weil sie vom Bischof war. Zum Abschluss, während der Klerus die Kirche verließ, gab es noch Schuberts »Heilig, heilig, heilig«.

Doch schon gegen Ende des Liedes begann Hemma, mehr die Basstasten zu drücken. Und als der letzte Besucher durch die Kirchentür verschwand, waren es nur noch ganz tiefe Brummer, welche die Kirche leicht zum Vibrieren brachten. Dann trat Hemma wieder zum Marienaltar vor, kniete nieder und zog alle ihre Gedanken und Gefühle aus ihrer unmittelbaren Umgebung ab.

»… den du, oh Jungfrau, zu Elisabeth getragen hast.«

Hemma merkte nicht, dass der Bischof und ihr Bruder hinter ihr standen. Der Pepperl tupfte ihr ein paarmal auf die Schulter und versuchte, sie anzusprechen.

»Hemma, wir fahren jetzt hinüber in die Kellergasse zur Weintaufe. Du kannst mit uns mitfahren, was ist?«

Doch Hemma gab keinen Mucks von sich. Noch einmal zog der Pfarrer sie an der Schulter: »Hemma!« Nichts, sie reagierte nicht.

Der Pfarrer und der Bischof sahen sich völlig ratlos an. Sie hatten keine Ahnung, was da los war.

»Sie betet«, meinte der Bischof. »Aber so intensiv habe ich das noch nie gesehen. Die ist ja völlig weggetreten.«

»Ich weiß auch nicht, was da los ist. Warten wir noch eine Minute.«

Und so lange dauerte es in etwa, bis Hemma ihre Augen öffnete, lächelte und meinte: »Der Taxifahrer.«

»Hemma, was ist los mit dir? Wir brauchen keinen Taxifahrer. Wir können mit dem Herrn Bischof zur Kellergasse hinüberfahren.«

»Ah, Eminenz, sind Sie schon so weit? Worauf warten wir noch?«

Hemma stand auf, als wenn nichts gewesen wäre, und ging auf die Kirchentür zu. Noch einmal sahen sich der Bischof und der Pfarrer ungläubig an, schüttelten noch einmal die Köpfe, dann wandten sie sich um und folgten Hemma ins Freie.

Im Mercedes durfte Hemma vorn sitzen, der Pfarrer setzte sich zum Bischof auf die Rückbank. Schon nach kurzer Zeit hatte Hemma das Bedürfnis, das Fenster einen Spalt zu öffnen. Aber der Bischof bat sie höflich, doch unmissverständlich, dies zu unterlassen, er sei nämlich ziemlich empfindlich gegen Zug.

In der Kellergasse wurde der Bischof erneut von der Menschenmenge empfangen und beklatscht. Dann wurde er zu einem Tisch geführt, auf dem jeder der Winzer einige Flaschen seiner frisch gereiften Jungweine aufgereiht hatte. Der Tradition entsprechend forderte der Bischof die Gläubigen auf, mit ihm gemeinsam ein Vaterunser zu beten. Dann segnete er die Weinflaschen symbolisch für die gesamte Lese dieses Jahres. Warum, das ist nicht genau überliefert. Vielleicht bat er den Herrgott, dass dieser Wein keine heftigen Schlägereien zur Folge habe, keine Ehen kaputtmache, und möge dieser Wein frei von Schuld sein, wenn kleine Kinder von Besoffenen überfahren werden.

Anschließend wurde der Bischof zu der weiß gedeckten Tafel geführt, wobei der Pfarrer und der Bürgermeister die Ehre hatten, ihn links und rechts zu flankieren. Da mussten die beiden durch. Serviert wurde eine Schlachtplatte mit Schopfbraten, Kümmelbraten, Surbraten und Blutwürsten, dazu Kraut und Erdapfelknödel. Beim Essen war es dem Bischof nun wohl doch ein wenig warm geworden, er öffnete seinen Mantel, was nicht nur einen Blick auf die vielen Schichten freigab, die er darunter anhatte, sondern auch noch die abgestandene warme Luft entweichen ließ, die sich unter dem Mantel gesammelt hatte. Keiner an der Tafel blieb davon verschont.

Zum Essen ließ sich der Bischof noch ein paar vorzügliche Gläser Wein servieren und sparte nicht mit Lob. Doch sobald sein Teller leer war, erhob er sich, um das Fest zu verlassen. Es wurden noch viele Hände geschüttelt, gewinkt, gezwinkert und gesegnet. Dann setzte sich der Bischof in sein Auto und fuhr los. Zum letzten Mal grüßte er noch durch das Wagenfenster, dann lehnte er sich müde zurück und meinte zu seinem Chauffeur: »So, nichts wie heim. Und was haben Sie die ganze Zeit hier gemacht, Wagner?«

»Erst war ich natürlich im Hochamt. Und dann habe ich mich halt auch ein wenig mit den Leuten unterhalten, Eminenz. Übrigens, wussten Sie, wie die in Togo ihre Schildkrötensuppe machen? Die werfen die Schildkröten lebendig ins kochende Wasser, geschockt schlüpfen sie …«

»Ehrlich?«

»Ehrlich!«

Für Hemma war es eine Erleichterung, dass der Bischofbesuch zu Ende war. Schließlich trug sie dafür die gesamte Verantwortung. Doch am Ende war es so, wie es alle erwartet hatten, alles lief wie am Schnürchen, nichts, aber schon gar nichts war schiefgegangen.

Mit dem Abgang des Bischofs verließ auch Hemma die weiße Tafel, um sich ein wenig unter die Leute zu mischen. Allein das Reden mit dem Bischof fand sie anstrengend, mit den Dorfbewohnern zu kommunizieren war hingegen das reinste Vergnügen, vor allem, wenn der Wein die Gesprächsstoffe ganz einfach vor sich herschob.

Endlich sah Hemma auch den Hubert bei einem der Weinkeller stehen. Zum Empfang des Bischofs mussten die Polizisten in Uniform aufmarschieren. Inzwischen war er aber zu Hause gewesen, um sich umzuziehen, denn auch er wollte jetzt nichts anderes als ein wenig feiern.

Aber da hatte er nicht mit Hemma gerechnet. Ein Glas tranken die beiden noch in offener Runde. Doch dann zog Hemma den Hubert zur Seite, um mit ihm noch einmal über den Fall zu reden.

»Wollen wir es heute nicht einfach einmal bleiben lassen? Die Leiche läuft uns ja eh nicht davon!«

»Hubert, bitte, ein Mord kennt keinen Sonntag. Also hör zu: Der Kleist hat mir gesagt, dass er seine Frau letzten Samstag zum Hauptbahnhof nach Wien gebracht hat. Und seine Schwägerin hat das bestätigt. Ich gehe jetzt einmal nicht davon aus, dass die beiden gemeinsam die Marie Kleist ums Eck gebracht haben und sich gegenseitig ein falsches Alibi ausstellen.«

»Das könnte ich mir auch kaum vorstellen.«

»Eben. Also wird es stimmen, was die beiden gesagt haben, und die Marie Kleist war noch in Wien, bevor sie ermordet wurde.«

»Logisch!«

»Okay, aber wenn sie in Wien ermordet worden wäre, von

einem Wiener Mörder, dann hätte dieser die Leiche doch nicht hierher in unsere Gegend gebracht, um sie zu vergraben. Er hätte sie in seiner Nähe unter die Erde gebracht. Und wenn er sich schon einen so weiten Weg angetan hätte, dann wäre er doch ganz woandershin gefahren, nicht dorthin, wo Marie zu Hause war.«

»Das klingt einleuchtend. Und was schließen wir daraus?«

»Dass Marie Kleist nicht in den Zug eingestiegen, sondern wieder zurückgefahren ist. Und nicht, weil sie was vergessen hatte. Sie hatte nämlich einen Liebhaber hier in der Gegend. Und den hat sie besucht.«

»Woher weißt du denn das schon wieder?«

»Wurscht, Hauptsache, ich weiß es. Es gibt jetzt zwei Möglichkeiten. Entweder der Liebhaber hat sie am Bahnhof abgeholt – ist aber eher unwahrscheinlich, dann hätten sie ihre Abschiedsnacht doch eher in einem Wiener Hotel verbracht –, oder Marie Kleist ist wieder zurückgefahren. Und weil sie kein Auto mithatte, dann eben mit einem Taxi.«

»Mit dem Taxi? Ein Taxi zu uns her kostet um die hundertfünfzig Euro!«

»Na und? Geld spielte bei ihr doch überhaupt keine Rolle. Wenn sie wirklich so verliebt war, wie mein Informant sagt, dann war ihr das Taxi das Geld wert. So. Und nachdem ja nicht jede Nacht ein Taxi von Wien hier herauf ins Weinviertel fährt, kann sich der Taxifahrer bestimmt noch an die Fahrt erinnern. Kann man den Namen dieser Fahrer herausfinden?«

»Das kann nicht so schwer sein. Es gibt ja nicht so viele Taxizentralen in Wien. Die musst du nur durchtelefonieren, ich denke schon, dass sich das machen lässt.«

»Hubert, mein Lieber, ich bin aber nicht die Polizei. Ich kann da schlecht anrufen, das müsstest schon du machen.«

»Hemma, meine Liebe, nein. Gerade weil ich die Polizei bin, muss ich die Vorschriften einhalten. Lass dir halt was einfallen.«

»Und was, wenn ich bitten darf?«

»Sag doch einfach, du wärst der Fahrgast gewesen und hättest was im Auto vergessen. Jetzt müsstest du mit dem Fahrer Kontakt aufnehmen.«

»Okay, das könnte funktionieren. Aber ein bisserl mehr Hilfe hätte ich schon von dir erwartet. Vor allem jetzt, wo du behauptest, dass du mir die Geschichte glaubst.«

Zumindest wusste Hemma nun, wie ihre Ermittlungen weitergehen konnten. Die beiden wandten sich wieder dem Fest zu, schließlich gab es noch vieles zu plaudern, zu lachen und zu probieren. Aber gleich morgen früh würde sie sich hinter das Telefon klemmen.

ZEHN

Gut, dass nicht jedes Wochenende Kellergassenfest war, das Aufstehen fiel einem am nächsten Tag schon deutlich schwerer. Der Pepperl war zwar viel früher nach Hause gegangen als die Hemma, nachdem er aber, was den Wein anging, bei Weitem nicht so routiniert war, reichte auch schon das verhältnismäßig Wenige.

Aber was soll's, der Tag begann, die Woche begann, verbunden mit allen Aufgaben und Pflichten.

Beim Frühstück nach der Messe wurde nicht allzu viel geredet. Aber eine Sache lag dem Pfarrer doch auf der Zunge.

»Sag, der Inspektor Güntschl, der hat, glaube ich, ein Auge auf dich.«

»Wie meinst du das?«

»Na ja, dass du ihm halt gefällst. Hat er dir schon Avancen gemacht?«

»Geh, was redest du denn da?«

»Das ist wieder typisch für dich. Wahrscheinlich hat es das ganze Dorf gemerkt, nur du hast nichts mitgekriegt. So ist es dir ja schon immer mit den Männern gegangen. Mir ist es eh recht, ich bin froh, dass ich dich habe. Aber du hast deine Möglichkeiten bei den Männern immer übersehen, da hast du einiges ausgelassen.«

»Bitte, Pepperl, erstens geht dich das alles gar nichts an. Und zweitens … Lass mich doch einfach in Ruhe mit den Männern. Die interessieren mich alle miteinander nicht.«

»Aber er scheint sich für dich zu interessieren.«

»Na und? Das ist ja überhaupt das Letzte. Ein Mann, der sich für eine Frau wie mich interessiert, interessiert mich von vornherein nicht!«

Da musste der Pfarrer kurz nachdenken.

»Was heißt denn das, eine Frau wie dich?«

»Dass ich alt bin, ausgerackert. Da ist nichts mehr mit knusprig, verstehst du? Meine Zeit ist abgelaufen, in dieser Hinsicht. Vorbei!«

Dazu muss man sagen, dass Hemma, seit sie fünfzig geworden war, stark unter der Vorstellung litt, ihre weibliche Attraktivität wäre völlig verschwunden. Was natürlich ein Blödsinn war, denn gerade die Anziehungskraft einer Fünfzigjährigen hat ja eine besondere Bandbreite, sie ist sowohl nach oben wie nach unten hin offen. Ältere Herren sehen in fünfzigjährigen Frauen überhaupt die Krönung der Schöpfung. Und es hat sich bestimmt in den letzten dreißig Jahren nichts daran geändert, dass viele ihrer Cowboys immer wieder an die Hemma dachten, wenn sie sich im Wald oder in einem stillen Kämmerchen etwas Schönes taten.

»Aber der Güntschl scheint das anders zu sehen.«

»Was weiß ich, was der Güntschl sieht!«

Und mit diesem Satz erhob sie sich und verließ die Küche. Ihr Bruder hatte da einen Nerv getroffen. Aber es war *ihr* Nerv, nicht seiner, was ging ihn das Ganze an?

Ja, es stimmte, der Hubert war Hemma in den letzten Tagen vehement durch den Kopf gegeistert. Wenn sie nur wüsste, wie sie damit umgehen sollte. Er war schon ein fescher Mann. Und Sex war eigentlich schon längst wieder überfällig. Was hat sich der liebe Gott nur dabei gedacht, dass er uns mit dieser Fleischeslust ausgestattet hat? Das musste ihm passiert sein. Und es war *sein* Fehler, seine Schuld, nicht Hemmas. Mit Sünde brauchte ihr da niemand zu kommen. Warum soll es unsere Sünde sein, nur weil der Schöpfer da übers Ziel hinausgeschossen ist? Wir können nur mit Anstand versuchen, seinen Fehler so weit wie möglich zu kompensieren, indem wir Zurückhaltung üben, soweit es halt möglich ist. Mehr kann er wirklich nicht verlangen.

Doch Hemma hakte das Thema bald wieder ab, schließlich hatte sie sich für diesen Vormittag nichts anderes vorgenommen, als den Taxifahrer ausfindig zu machen, der am vorigen Samstagabend Marie Kleist von Wien Hauptbahnhof ins Weinviertel gebracht hatte.

Die Nummern der Wiener Taxizentralen waren schnell herausgefunden, sie war sich daher ziemlich sicher, dass sie in kürzester Zeit den Namen des gesuchten Taxilenkers wissen würde.

So wählte sie eine Nummer nach der anderen durch. Und allen erzählte sie dieselbe Geschichte, nämlich dass sie vorletzten Samstag vom Hauptbahnhof per Taxi ins Weinviertel gefahren sei, und dabei müsse sie ihren Reisepass im Taxi verloren haben.

Für die Taxizentralen bedeutet dies nur Arbeit und kein Geschäft. Trotzdem waren alle sehr bemüht, und man versprach ihr, dass man sie sofort zurückrufen werde, sobald man etwas herausgefunden hätte. Der Wunsch, gleich aufgeklärt zu werden, wurde ihr leider nicht erfüllt.

So kam Hemma in die unangenehme Situation, warten zu müssen. Den ganzen Vormittag ging sie im Kreis oder saß wie auf Nadeln. Nichts tat sich, niemand rief zurück. Während des montäglichen Wäschewaschens, während des Kochens, immer starrte sie auf ihr Handy in der Hoffnung, dass sich endlich der Klingelton einschaltete, um den so intensiv erwarteten Rückruf anzukündigen.

Doch erst am Nachmittag war es schließlich so weit. Sie sah sofort, dass sie von einer fünfstelligen Nummer mit Wiener Vorwahl angerufen wurde.

Gespannt, nervös und doch erleichtert nahm sie das Gespräch entgegen.

Hemma erfuhr, dass eine der Zentralen tatsächlich den Taxifahrer ausfindig gemacht hatte. Allerdings habe dieser sein Taxi genau untersucht und nirgends einen Reisepass gefunden. Sie müsse ihn also woanders verloren haben.

»Das kann nicht sein, der muss in diesem Taxi liegen. Können Sie mir die Nummer von dem Lenker sagen?«

»Das wird nicht viel Sinn machen, er hat alles untersucht.«

»Geben Sie mir doch bitte trotzdem die Nummer!«

»Aber ich sage Ihnen doch, er hat Ihren Pass nicht, er …«

»Die Nummer, verdammt noch einmal!«, schrie Hemma ins Telefon. »Was ist da so schwierig dran, mir die Nummer zu geben, damit ich selbst mit ihm reden kann. Wie oft soll ich Sie noch bitten?«

»Ja, ist ja gut. Regen Sie sich bitte nicht so auf. Also, seine Handynummer lautet …«

Na endlich. Manchmal musste man halt ein wenig deutlicher werden, wenn die Leute nicht verstehen wollten. Sie notierte sich die Handynummer und bedankte sich letzten Endes doch wieder im Normalton bei der Stimme aus der Taxizentrale.

So, und jetzt war es so weit. Gleich würde sie ein ganz wichtiges Telefonat führen, das sie in ihrem Fall einen großen Schritt weiterbringen würde. Vielleicht würde das Gespräch sie sogar zum Mörder führen. Aber der Schmäh mit dem verlorenen Reisepass hatte nun ausgedient. Sie konnte sich ja schlecht als der Fahrgast ausgeben und dann nach der Adresse fragen, zu der das Taxi sie gefahren hatte. Noch war sie ein wenig planlos. Aber warten wollte sie auch nicht mehr, darum griff sie nun zum Telefon.

»Emre.«

»Ja, grüß Gott. Die Dame in der Taxizentrale war so nett, mir Ihre Nummer zu geben. Ich rufe an wegen der Fahrt vorletzten Samstag ins Weinviertel.«

»Ah, weiß schon. Nix Pass. Nix gefunden. Alles absucht, nix gefunden. Tut leid.«

»Warten Sie. Äh … verstehen Sie mich?«

»Was glauben. Ich viele Jahre in Österreich. Taxilenkerprüfung gemacht. Klar verstehen!«

»Bravo. Es geht um Folgendes. Ich bin nicht die Frau, die Sie gefahren haben. Ich bin eine Freundin von ihr.«

»Aha. Und Freundin helfen suchen Pass.«

»Nein, vergessen Sie den Pass. Ich suche meine Freundin. Die ist verschwunden.«

»Ah? Was verschwunden?«

»Meine Freundin ist verschwunden. Sie wurde anschließend nicht mehr gesehen.«

»Und jetzt Sie denken, der Kümmeltürk haben Frau gemurkst?«

»Nein, bitte beruhigen Sie sich. Ich wollte nur wissen, wohin Sie die Frau gefahren haben.«

»Weinviertel. Kleine Dorf. Weiß nicht mehr Name.«

»Bitte denken Sie nach, es ist ganz wichtig.«

»Irgendwas mit Stein.«

»So heißen hier leider viele Orte.«

»Und glaube was mit Rindviecher.«

»Stein und Rindviecher? Da ist mir nichts bekannt.«

»Warte, ich habe Navi eingegeben. Schau nach. Bleib dran.« Es dauerte mindestens zwei Minuten, bis der Taxifahrer sich wieder meldete.

»So, hab ich. Kühstein. Sag ich doch: Stein und Rindviecher.«

»Kühstein, ja, das kenn ich. Und die Hausnummer?«

»Weiß nicht. Haus war gleich nach Ortstafel.«

»Links?«

»Rechts!«

»Und wie sah das Haus aus?«

»Weiß nicht. Normal. Kleine Bauernhof. Aber Tor, viele Farben. Wie von Künstler. Narrischer Hund …«

»Also ein bemaltes Hoftor. Das wird mir schon weiterhelfen. Wann genau haben Sie die Frau dorthin gebracht?«

»So acht Uhr am Abend. War letzte Fahrt. Aber dann hat Frau gesagt, soll ich sie an nächsten Morgen wieder abholen und zu Bahnhof nach Wien bringen.«

»Ja? Und haben Sie das gemacht?«

»Hab ich gesagt, was is, wenn ich fahre morgen hierher und Sie nicht da? Dann alles umsonst. Dann hat mir Frau gleich Geld für morgen auch gegeben. Alles dreihundert Euro. Aber ich nicht bled, bin in nächste Dorf gefahren und hab in Gasthof übernachtet. Dreißig Euro. Mit Frühstück. Kaffee, Spiegelei …«

»Ja, super! Und am nächsten Tag, haben Sie sie dann wieder abgeholt?«

»War ich pünktlich da, habe geklopft. Am Tor, dann am Fenster. Aber Frau nix gekommen. Dann ist Mann gekommen. Hat ausgeschaut wie gespiebene Semmelkren. Hat gesagt, dass ich abhauen soll.«

»Und dann?«

»Dann hab ich gesagt, nix abhauen. Müssen Frau zu Bahnhof bringen. Dann hat er noch einen Hunderter Euro gegeben und gesagt, er bringen Frau selber nach Wien. Dann bin ich abgehauen. Alles vierhundert Euro. Beste Geschäft.«

»Sehr gut. Da haben Sie mir jetzt sehr geholfen. Haben Sie vielen herzlichen Dank!«

»Immer gut!«

Mit dieser Information ausgestattet, fühlte sich Hemma der Aufklärung wieder einen großen Schritt näher. Jetzt hatte sie es plötzlich ziemlich eilig. Unverzüglich stieg sie in ihren Kadett und fuhr hinüber nach Kühstein, einem kleinen Bauernort, etwa fünf Kilometer von Niederfeld entfernt. Gar nicht weit weg, doch weit genug, dass man die Leute dort nicht mehr alle kannte und nicht genau wusste, wer in welchem Haus daheim war.

Innerhalb der Ortstafeln von Kühstein lagen sieben Höfe. Aber rechts, gleich neben der Ortstafel, konnte sie keinen Hof mit bemaltem Eingangstor entdecken. Das machte sie erst stutzig, bis ihr klar wurde, dass sie ja von der anderen Seite kam. Der letzte Hof links vor dem Ortsende sah allerdings genauso aus, wie der Taxilenker ihn beschrieben hatte. Das musste also der Hof sein, jener mit dem bunten Tor, hinter dem Marie Kleist am Samstagabend verschwunden war und nie wieder gesehen wurde.

Als Hemma aus dem Auto stieg, überfiel sie ein mulmiges Gefühl. Aus dem Gespräch mit Gustav Kleist und seiner Schwägerin hatte sie gelernt, dass man ganz schön blöd dreinschauen kann, wenn man mit jemandem sprechen will, ohne etwas zu sagen zu haben. Und was sollte sie dem Hausbesitzer sagen, warum sie hier war? Mit welcher Kompetenz war sie ausgestattet, um in einem Mordfall zu ermitteln, von dem niemand etwas wusste? Sollte sie sich wieder sagen lassen, dass sie das alles doch gar nichts angehe? Und das möglicherweise gar von einem Mörder, der gerade überhaupt nicht zum Spaßen aufgelegt war?

Marie Kleist war in etwa genauso alt wie sie. Was, wenn es sich hier um einen Triebtäter handelte, der auf Frauen über fünfzig scharf war? Der müsste das doch als klare Einladung betrachten, wenn sie plötzlich vor der Tür stand. Sex auf Rädern, dachte sie, während sie noch immer die Wagentür ihres Kadetts umklammerte. Running Muschi, direkt vom Förderband.

Nein, dazu fehlte ihr jetzt doch der Mumm. Und sie beschloss, gleich Hubert anzurufen, um noch am selben Abend die weitere Vorgangsweise mit ihm zu besprechen.

»Ich könnte ja dem Pepperl etwas Kaltes zum Abendessen geben und für uns beide bei dir kochen!«

»Na, das wäre fein. Was gibt es denn?«

»Hast du Knoblauch und Zwiebeln zu Hause? Und Öl und Reis?«

»Das denke ich nicht.«

»Was hast du denn zu Hause?«

»Brot. Butter. Wurst …«

»Was? Kochst du dir denn nie was? Ernährst du dich denn immer nur von Brot und Wurst?«

»Na, mittags gehe ich eh zum Dorfheurigen. Und am Abend reicht mir ein Wurstbrot.«

»Nein, so geht es nicht. Ich glaube, ich muss dir mal die Grundzutaten für eine Küche besorgen. Hast du eigentlich Geschirr?«

»Na ja, Teller, Gläser, Besteck, einen Topf, ein Eierspeispfandl …«

»Okay. Gehen wir heute Abend zum Dorfheurigen, damit du was Ordentliches zum Essen kriegst. Und demnächst machen wir einmal etwas aus deiner Küche. Alles klar? Bis später!«

Hubert ging noch nach Hause, um sich umzuziehen. In Uniform beim Heurigen sitzen, das kommt nie gut. Hemma setzte ihrem Bruder kaltes Rindfleisch mit Zwiebel und Kernöl vor, das er diesmal ohne ihre Gesellschaft verzehren musste. Und schon am frühen Abend traf man sich bei der Rosl im Dorfheurigen.

Etwas Ordentliches sollte er zu essen bekommen, also entweder einen Schweins- oder einen Kümmelbraten, Speck- oder Grammelknödel oder ein Surschnitzel. Hemma nahm den Spinatstrudel, war ihr Fleischkonsum in den letzten Tagen doch zu intensiv gewesen.

»Also hör zu. Es gibt tatsächlich einen Taxifahrer, der am Tatabend eine Fuhre vom Hauptbahnhof ins Weinviertel hatte. Und ich habe ihn sogar schon ausfindig gemacht und mit ihm telefoniert. Weißt du, wo er die Marie Kleist abgesetzt hat? Drüben in Kühstein.«

»Na bravo, da fügt sich doch jetzt eins ins andere.«

»Genau. Und dann hätte er sie am nächsten Tag wieder abholen und nach Wien bringen sollen. Aber sie war nicht mehr da. Das passt alles zusammen.«

»Stimmt. Mich wundert es ja, dass du nicht gleich nach Kühstein hinübergefahren bist.«

»Bin ich eh, was glaubst du denn? Aber ich stand wieder einmal wie der Ochs vorm Tor. Hubert, ich brauch dich jetzt. Du musst da mitkommen. Ich kann da schlecht allein hineingehen, was soll ich dem Typen denn sagen?«

»Aber Hemma, jetzt begreif doch endlich. Ich kann noch nicht offiziell aktiv werden. Erstens liegt Kühstein außerhalb meines Rayons. Und zweitens: Stell dir vor, dort wohnt jemand, der mit den Kleists bekannt ist. Und ich komme hin als Polizist und frag ihn offiziell, ob er etwas über den Verbleib der Frau Kleist weiß. Und dann ruft er den Kleist an und sagt ihm, dass die Polizei nach seiner Frau sucht. Was erzähl ich ihm dann?«

»Verstehe. Ganz schön vermurkst, die Situation. Was tun wir da? Kennst du jemanden aus Kühstein?«

»Wie gesagt, offiziell hab ich nichts mit denen zu tun. Aber ein bisserl kenn ich den einen oder anderen schon. Um welches Haus handelt es sich denn?«

»Es ist eines mit einem bunt bemalten Eingangstor. Nichts Klares, so ein abstraktes Durcheinander halt.«

»Aha. Also, soviel ich weiß, hat sich dort ein Künstler angesiedelt. Der lebt und malt dort. Und manchmal macht er auch Ausstellungen. Der könnte das doch sein.«

»Ja, das klingt logisch. Dann könnten wir doch sagen, dass wir uns für Kunst interessieren und seine Bilder sehen möchten.«

»Wir?«

»Hubert, bitte, du musst mich begleiten. Du weißt ja, dass ich sonst nicht feige bin. Aber am Nachmittag haben mir einfach die Knie gezittert. Ich habe mir vorgestellt, dass da ein Triebtäter wohnt, und hab mich einfach nicht hineingetraut.«

Da musste Hubert ein wenig schmunzeln.

»Also, wenn er ein Triebtäter ist und noch dazu einen guten Geschmack hat, dann musst du schon ziemlich aufpassen.«

»Ja, ja, ist schon gut, ich weiß selber, dass ich alt werde und meine besten Jahre vorbei sind. Aber manche stehen halt sogar auf so was.«

»Ich zum Beispiel.«

»Mensch, Hubert, kannst du es nicht lassen? Wir dürfen einfach nicht mehr zu viel Wein miteinander trinken, damit so etwas nie wieder passiert.«

Sagenhaft, wie das, was man sagt, oft weit von dem entfernt liegt, was man denkt. Hubert wusste natürlich nichts von Hemmas Gedanken, die seine Person betrafen. Er wusste nicht, dass Hemma in Wirklichkeit hin- und hergerissen war und sich dem Hubert am liebsten sofort an den Hals geworfen hätte. Und er glaubte Hemma sogar, wenn sie so tat, als wäre das alles überhaupt kein Thema.

»Weißt du, Hemma, ich empfinde einfach ernsthaft was für dich. Mir geht es da nicht nur um eine Bettgeschichte. Aber ich will dich da auch gar nicht drängen, ich bin einfach nur froh, dass es dich gibt.«

Hemma war von diesen Worten sehr gerührt. Ein kitschiges Tränchen konnte sie gerade noch unterdrücken.

Zum Schluss bat Hubert noch um die Rechnung.

»Alles zusammen?«, fragte die Rosl.

»Nein, nein, ich zahl meines schon«, meinte die Hemma, doch Hubert bestand darauf, sie einzuladen. Zumindest beim ersten Restaurantbesuch sollte der Mann bezahlen, dachte er. Auf Dauer kann man sich natürlich schon abwechseln, sonst wird es öd, und Mann fühlt sich blöd.

»Achtundzwanzig Euro bitte. Übrigens, habt ihr schon gehört, wie die in Togo ihre Schildkrötensuppe machen?«

Hubert begleitete Hemma noch bis zum Pfarrhof und verabschiedete sich von ihr, indem er sie kräftig drückte. Zum Schluss luchste ihm Hemma noch das Versprechen ab, morgen mit ihr gemeinsam den Künstler zu besuchen.

ELF

Dem Pepperl war natürlich aufgefallen, dass Hemma zurzeit sehr viel außer Haus war, deutlich mehr als sonst. Beim Frühstück gab es deshalb wieder ein paar Vorwürfe.

»Aber du weißt ja, was los ist. In unserer Gegend läuft ein Mörder frei herum. Und niemand scheint sich dafür zu interessieren, dass er gefasst wird.«

»Ah ja, der Mörder«, sagte der Pfarrer mit einem ziemlich ironischen Unterton. »Gestern hat übrigens jemand bei mir einen Mord gebeichtet.«

»Was? Ehrlich? Wer?«

»Du weißt ja, Beichtgeheimnis. Ich kann dir das nicht sagen.«

»Pepperl, du weißt, wer der Mörder ist? Den kann man doch nicht frei herumlaufen lassen. Hast du ihm gesagt, dass er sich stellen muss?«

»Jetzt beruhige dich, Hemma, das war doch nur ein Scherz. Natürlich war kein Mörder bei mir.«

»Sag, musst du mir so einen Blödsinn erzählen? Meine Nerven!«

Der Pfarrer schmunzelte ein wenig und strich sich seine zweite Marmeladesemmel. Hemma war aber nicht zum Schmunzeln zumute, im Gegenteil.

»Der Hubert glaubt mir inzwischen.«

»Das hängt mit dem zusammen, was ich dir gestern gesagt habe. Der ist hinter dir her. Das erhöht seine Chancen, wenn er dir sagt, dass er dir glaubt.«

»Du bist ein richtiger Idiot.« Hemma war die Einzige im Dorf, die sich erlauben konnte, so etwas zum Pfarrer zu sagen. Und das auch nur als seine Schwester. Beleidigt erhob sie sich, warf die Serviette auf den Tisch und schickte sich an, die Küche zu verlassen. Weil Pepperl aber nicht wollte, dass seine Schwester gekränkt war, bat er sie, sich wieder zu setzen und ihm doch zu erzählen, was sie inzwischen herausgefunden hatte. Jemanden, der ihr zuhörte, das war es, was die Hemma jetzt brauchte.

Pepperl hörte sich die Geschichte mit ernster Miene an, aber ob dieser Blick echt war, konnte selbst Hemma nicht sagen.

Erst als die Rede wieder auf Togo kam, unterbrach er sie und meinte: »Togo. Stimmt, die Marie Kleist ist ja in Togo. Also, ich würde da nicht wieder hinfahren.«

»Hast du gesagt. Allein wegen der Schildkrötensuppe.«

»Ja, aber viel schlimmer ist ja, was die mit den Leguanen machen.«

»Was machen die mit den Leguanen?«

»Na ja, schau, du weißt ja bestimmt, dass Echsen ihren Schwanz abwerfen können und dass ihnen dann ein neuer Schwanz nachwächst. Bei Leguanen geht das sogar ziemlich schnell, da kann man zuschauen, wie der Schwanz wächst. Und jetzt ist es ja so, dass gegrillte Leguanschwänze dort eine Delikatesse sind. Die kriegst du auf jedem Markt. Und manchmal kriegst du sie auch frisch gegrillt. Die machen das so, dass sie einen Leguan festbinden und einklemmen wie in einem Schraubstock. Und unter den Schwanz schieben sie dann Grillkohle. Es dauert circa zwanzig Minuten, bis der Schwanz durch ist. Und dann wirft der Leguan ihn ab. Nach wenigen Minuten wächst ihm ein neuer Schwanz nach, der dann auch gleich wieder gegrillt wird. So können die mit nur einem Leguan einen ganzen Tag Leguanschwänze grillen.«

»Ehrlich?«

»Ehrlich!«

Nachdem Hemma das Frühstücksgeschirr weggeräumt hatte, fuhr sie sofort zum Polizeirevier hinüber. Der Hubert hatte ihr doch versprochen, mit ihr nach Kühstein zu fahren. Zeit hatten sie zwar keine vereinbart, aber Hemma dachte, je früher, umso besser.

Hubert war aber gerade nicht anwesend. Man sagte ihr, dass er auf Verkehrsstreife sei, was zwar zu seinen Pflichten gehörte, was er aber gar nicht mochte. Es war ihm ja wichtig, dass er mit den Dorfleuten gut auskam, schließlich war er einer von ihnen. Und die eigenen Leute abstrafen kommt im Dorf halt gar nicht gut an. Darum hielt Hubert auch viel lieber Autos mit nicht regionalen Kennzeichen an. Wiener zum Beispiel, die waren ihm eher wurscht.

Meist winkte er Autos wegen Geschwindigkeitsübertretung heraus, dann ließ er sich die Papiere zeigen und verlangte in der Regel einen Fünfziger. Alkoholproben machte er ganz selten, nur wenn der Autofahrer augenscheinlich nur deswegen fuhr, weil er nicht mehr gehen konnte. Seine Vorgesetzten beschwerten sich deshalb auch manchmal bei ihm. Schließlich sei er im Weinviertel, da müssten doch die Führerscheine total locker sitzen. Und das taten sie auch. Aber die Ortsbewohner mochten es weder, den eigenen Führerschein abzugeben, noch sahen sie es gern, wenn den Besuchern der Führerschein abgenommen wurde. War einfach nicht gut fürs Geschäft.

Gleich nach dem Mittagessen unternahm Hemma ihren zweiten Versuch im Kommissariat. Dieses Mal traf sie Hubert tatsächlich an. Und sie wollte auch keine Zeit mehr verlieren und bat ihn, sofort mitzukommen. Aber sie scheiterte ein zweites Mal. Hubert machte ihr klar, dass er nicht in Uniform dort auftreten könne, weil es ja dann eine Amtshandlung sei. Also einigte man sich darauf, dass Hubert heute früher nach Hause gehen würde. Dann könnte er sich noch umziehen und Hemma anschließend abholen. Auf dem Weg würde man sich dann überlegen, wie man die Sache überhaupt anging.

So war es bereits nach fünf am Nachmittag, als Hubert bei

der Haustür des Pfarrhofes anläutete. Und es kam ihm vor, als ob Hemma schon hinter der Tür auf ihn gewartet hätte, so schnell war sie zur Stelle.

Auf der Fahrt nach Kühstein besprachen sie, wie sie nun vorgehen würden. Sie beschlossen, dass Hubert sich dafür interessieren würde, ein Bild zu kaufen. Und Hemma sollte ihn beraten. Den Tipp, sich hier einmal umzuschauen, habe Hemma von der Frau Kleist bekommen. So könne man gleich das Gespräch auf sie lenken.

Bei der Ankunft sahen die beiden, dass an dem bemalten und geradezu künstlerisch gestalteten Eingangstor auch ein Namensschild befestigt war: Lukas Seidl. Akademischer Maler.

Mit dem Namen konnten beide erst einmal nichts anfangen. War auch kein Wunder, schließlich lebte der Künstler noch nicht so lange in Kühstein. Hemma erwartete auch nicht, auf ein ihr bekanntes Gesicht zu stoßen. Woher sollte sie ihn auch kennen? Künstler sind in der Regel bei keiner Blasmusik, keinem Sportverein, keiner Feuerwehr. Und in die Kirche gehen sie meist auch nicht.

Da es keine Klingel gab und Hemmas Klopfen offenbar kein Gehör fand, drückte Hubert die alte schmiedeeiserne Türklinke. Tatsächlich war das Tor nicht verschlossen, und so traten sie ein. Und nachdem sie sich ein wenig orientiert hatten, entdeckten sie an der gegenüberliegenden Seite des Innenhofs einen großen, frisch renovierten Raum mit überdimensionalen Fenstern. Durch diese konnten sie die vielen aufgespannten Leinwände entdecken. Vor einer stand ein Mann, relativ groß, relativ schlank, mit längeren, relativ fettigen Haaren und einem Mehrtagesbart von einem Ohr bis zum anderen. Der Kittel, den er anhatte, war sicher einmal weiß gewesen, jetzt aber trug er alle Farben dieser Erde. Ähnlich sah auch der Holzboden aus, der so voller Farbspritzer war, dass er selbst schon wie ein Kunstwerk wirkte.

Als Hemma an die Fensterscheibe klopfte, sah der Maler

auf, setzte ein freundliches Lächeln auf, legte seinen Pinsel zur Seite und öffnete die große Glasschiebetür, die in den Hof führte. Mit einem alten und ebenfalls in allen Farben schillernden Handtuch wischte sich der Mann noch seine Hände ab, bevor er eine davon erst Hemma und dann auch Hubert reichte.

»Grüß Gott, treten Sie ein. Freunde der Kunst sind immer herzlich willkommen.«

»Grüß Gott, Hemma Gruber, das ist Herr Güntschl. Der Herr Güntschl ist auf der Suche nach einem Bild für sein Haus. Und weil wir von Ihnen gehört haben, haben wir gedacht, wir schauen einmal vorbei. Leider hatten wir keine Nummer, sonst hätten wir vorher angerufen.«

»Das ist doch kein Problem. Einen Künstler kann nichts überraschen. Höchstens ein Sammler, der gleich zwei Bilder auf einmal kauft und den vollen Preis dafür zahlt.«

Hemma und Hubert sahen sich etwas verunsichert an.

»Das war ein Scherz. Möchten Sie einen Tee?«

Doch die beiden wollten dem Künstler weder Umstände noch Kosten verursachen. Wussten sie doch, dass sie gar nicht vorhatten, ein Bild zu kaufen, was ihr Gegenüber zu diesem Zeitpunkt ja noch nicht wusste.

»Dann schauen wir einmal.«

Der Künstler führte die beiden zu einem Stapel an die Wand gelehnter Bilder. Eins nach dem anderen ließ er nach vorn kippen, um den Blick auf die nächste Leinwand freizugeben. Und man merkte, dass die Bilder sein ganzer Stolz waren.

Hemma und Hubert hingegen sahen sich bei jedem einzelnen Bild eher ahnungs- und fassungslos an, sie wussten überhaupt nicht, wie sie reagieren sollten.

»Was soll denn dieses Bild, zum Beispiel, jetzt darstellen?«

»Wie bitte, darstellen?«

»Ja, ich erkenne es nicht so richtig. Ist das ein Baum?«

»Meine Liebe, wenn ich einen Baum malen will, dann

sieht der auch so aus wie ein Baum. Ich male doch keine Bäume. Und auch keine Kühe und Blumen. Wozu? Wenn ich einen Baum sehen will, dann schau ich aus dem Fenster, da gibt es Bäume genug. Da brauch ich mir doch keinen malen.«

»Ja, aber irgendetwas werden Sie sich doch dabei gedacht haben?«

»Ich denke mir jede Minute etwas, ob ich jetzt male oder nicht. Aber ich bilde nichts ab und ich drücke nichts aus. Bei abstrakter Kunst geht es nicht um die reale Welt, im Gegenteil. Es geht um das, was es nicht gibt. Was es gibt, brauche ich ja gar nicht erst zu malen, das gibt es ja ohnehin schon. Keinen Gegenstand. Kein Gefühl. Nur die pure Kunst.«

»Aber schön ist es trotzdem«, wandte Hubert jetzt ein, wahrscheinlich nur, um den Künstler wohlwollend zu stimmen.

»Schön? Was ist denn das für eine Kategorie? Es geht doch hier auch nicht um Schönheit. Wen interessiert denn Schönheit? Wenn Sie meine Bilder als schön bezeichnen, dann haben Sie keine Ahnung. Was glauben Sie, was es mich Energie kostet, die Schönheit aus meinen Bildern hinauszumalen. Schön ist eh alles. Eine weiße Leinwand zum Beispiel ist schön. Es ist meine Aufgabe, diese Schönheit zu vernichten, verstehen Sie? Ich male so lange an einem Bild, bis ich gegen die Leinwand gesiegt habe. Und mein Sieg besteht darin, die Schönheit und mein Talent zu unterdrücken.«

»Verstehe!«

»Sind Sie da sicher? Was glauben Sie, was ich in meiner Jugend, bevor mir der Knopf aufging, für schöne Bilder gemalt habe«, und bei »schöne Bilder« zeichnete er mit zwei Fingern jeder Hand Gänsefüßchen in die Luft. »Blumensträuße, Obstschalen, später dann weibliche Körper. Schönheit pur. Das war eine unglaubliche Kraftanstrengung, diese Schönheit aus meinem Hirn zu kriegen. Ich musste sie mir fast rausprügeln.«

»So hab ich das noch gar nicht gesehen«, meinte Hemma. »Aber irgendwas müssen die Bilder doch ausdrücken.«

»Wieso? Ich blockiere meine Arbeit und meine Schaffenskraft doch nicht dadurch, dass ich damit etwas ausdrücken muss. Ausdrücken tu ich höchstens einen Pickel. Jeder abstrakte Maler, der glaubt, dass er was ausdrücken muss, geht schon falsch an die Sache heran. Und wenn Sie in meinen Bildern etwas suchen, was ich damit ausdrücken will, dann gehen Sie falsch an die Sache heran. Meine Bilder sind gegenstandslos, emotionslos und ausdruckslos. Das macht erst ihre Qualität aus.«

»Aber irgendwie«, sagte Hemma, »beunruhigt mich das jetzt ein bisschen. Und wenn ich mir zu Hause ein Bild aufhänge, dann erwarte ich mir doch, dass es mich beruhigt!«

»Beruhigen? Kunst ist doch nicht dazu da, Sie zu beruhigen. Wenn Sie sich beruhigen wollen, dann nehmen Sie Baldriantropfen oder ziehen Sie sich eine Flasche Wein rein. Wer sich meine Kunst anschafft, der kauft einen Stachel mit, der tief in seinem Hintern sitzt und mit jeder Betrachtung noch ein Stück weiter hineingeschoben wird. Das muss wehtun.«

»Und warum sollte man sich das freiwillig antun?«, wollte Hubert schließlich wissen.

»Weil alles wehtut und Sie die Welt nur richtig wahrnehmen können, wenn Sie auch den Schmerz darin verstehen. Nur dann sind Sie fähig, die Welt zu schätzen und zu respektieren. Stellen Sie sich ein Baby vor, das von seiner Mutter über alles geliebt wird. Und wenn das Baby dann eine ganze Nacht plärrt, was meinen Sie, was die Mutter dann empfindet? Glauben Sie, sie findet das beruhigend, wenn ein Kind schreit? Nein, das nächtelange Schreien ist ein riesiger Stachel im Arsch der Mutter. Mit jedem Schrei bohrt er sich tiefer hinein. So entstehen Muttergefühle.«

Hemma und Hubert sahen sich völlig entgeistert an. Ob der das alles ernst meinte?

»Wie halten Sie das eigentlich alles aus? Sie sind ja quasi ein Trichter für den Schmerz der Welt.«

»Künstler zu sein ist kein Job, den man so nebenbei macht. Das ist eine Berufung. Ich stehe nicht wie eine Schuhverkäuferin acht Stunden am Tag in meinem Geschäft, und nachher geht mich das alles nichts mehr an. Es ist eine Berufung wie bei einem Priester, der ist auch nicht nur während der Geschäftszeiten Priester, der ist es vierundzwanzig Stunden am Tag und sieben Tage in der Woche.«

»Da kenn ich mich aus«, warf Hemma ein. »Aber was macht denn ein Künstler, wenn er gerade nicht malt?«

»Ich habe alles, mein ganzes Leben, der Kunst unterworfen. Alles, was ich mache, betrachte ich unter einem künstlerischen Aspekt. Wenn ich Tee koche, ist das Kunst, im Gegensatz dazu, wenn Sie Tee kochen. Nehmen Sie es nicht persönlich, das gilt auch für alle anderen Menschen, die nicht Künstler sind oder nur so tun, als ob. Wenn ich spazieren gehe, ist das Kunst. Und wenn ich Auto fahre. Und selbst wenn ich Sex habe, ist das Kunst.«

»Verstehe«, meinte Hemma und wollte einfach einmal den Redeschwall unterbrechen, um durchatmen zu können. »Sagen Sie, was kosten denn eigentlich Ihre Bilder so? Das hier zum Beispiel wäre doch was für dich, Hubert.« Und dabei zeigte sie wahllos auf irgendeines der Bilder.

»Bei mir kostet der Quadratzentimeter eins fünfzig.«

»Was, Sie verkaufen nach dem Quadratzentimeter?«

»Das ist ein Richtwert. Also, dieses Bild, hundert mal hundert, kommt dann auf fünfzehntausend.«

»Ah … fünfzehntausend! Euro, nehme ich an. Ja … das ist … eh fair, oder, Hemma?«

»Ja, ich denke schon, dass das fair ist. Aber vielleicht kriegen wir auch einen Rabatt. Wir sind nämlich Freunde von der Frau Kleist, die kennen Sie ja.«

In diesem Moment konnte man mitverfolgen, wie Lukas

Seidls Körper wie von einem Blitz durchfahren wurde, der ihm fast sein Teehäferl aus der Hand gerissen hätte.

»Warten Sie einmal ... Frau Kleist?«

»Jetzt tun Sie doch nicht so, die Frau Kleist müssen Sie kennen. Die ist doch eine ganz wichtige Sammlerin Ihrer Bilder!«, bohrte Hemma nach. »Mir gegenüber hat sie das jedenfalls behauptet.«

»Ja, klar. Die Frau Kleist. Klar. Grüßen Sie sie schön von mir.«

»Na eben, hätte mich gewundert, wenn Sie die nicht kennen würden. War sie nicht am Samstag noch bei Ihnen?«

Da durchfuhr den Künstler der nächste Blitz.

»Nein, nicht dass ich wüsste ... Also, überlegen Sie es sich mit dem Bild. Entschuldigen Sie, ich müsste jetzt weitermachen.«

Der Hinweis, dass die beiden jetzt gehen sollten, war überdeutlich. Sie verabschiedeten sich, verließen den Hof und stiegen ins Auto. Das Erste, was dort passierte, war, dass Hemma einen kräftigen Schrei ausstieß.

»Aaaahhhh! Was für ein abgehobenes Arschloch! Ich glaub es einfach nicht. Aaaaahhhhhh! So ein Trottel, hast du den gehört? Der labert uns mit irgendeinem Schwachsinn die Ohren voll, nur um uns von der Tatsache abzulenken, dass er überhaupt nicht malen kann. Ich sag dir, Hubert, ich bin auch nicht auf der Nudelsuppe dahergeschwommen. Und ich war schon öfters in Ausstellungen, auch mit abstrakten Bildern. Und glaub es mir, auch bei abstrakten Bildern gibt es solche und solche. Aaahhh! ›Und selbst wenn ich Sex mache, ist das Kunst.‹ Das kann ich mir vorstellen. Er der Pinsel, und die Kleist war die Leinwand. Oh nein! So ein Scharlatan, so ein Gangster! Und du hast überhaupt nichts nachgefragt, hast alles mich machen lassen!«

»Jetzt reg dich ab. Du brauchst deine Wut nicht an mir auslassen. Jetzt weißt du ja eh, was du wissen wolltest. Glaubst du, dass der sie umgebracht hat?«

»Zutrauen tät ich es ihm, diesem Idioten. Aber andererseits: Er hat sie gepempert, sie hat dafür geblecht. Warum sollte er sie umbringen? Da wäre er ja noch blöder, als er eh schon ist.«

Um ihre Wut zu verarbeiten, beschloss Hemma, während der restlichen Fahrt nichts mehr zu sagen. Und da Hubert sie in Ruhe lassen wollte, schwieg er einfach mit. Erst kurz, bevor sie nach Niederfeld einbogen, dämmerte es Hemma, dass es angebracht wäre, das Schweigen doch noch einmal zu unterbrechen. Der Hubert konnte schließlich wirklich nichts für den Typen, und es wäre nicht in Ordnung, einfach schweigend aus dem Wagen zu steigen und schlechte Atmosphäre zu hinterlassen.

»Hast du schon gehört, wie die in Togo ihre Leguanschwänze grillen? Also, bei Leguanen ist es ja so, dass denen der Schwanz wieder nachwächst …«

»Ehrlich?«

»Ehrlich!«

ZWÖLF

Den Abend verbrachte Hemma gedankenwälzend in ihrem Lehnstuhl. Und ähnlich verlief auch ihre Nacht. Ihre Augen standen meist sperrangelweit offen, und ihr Gehirn marterte sich selbst. Auch ihr Traum mit der Leichen-Loisi ging ihr wieder durch den Kopf, und irgendwie entwickelte sie dabei eine ziemliche Wut auf die Loisi. Bis ihr klar wurde, dass die Arme ja überhaupt nichts dafürkonnte.

Kurz vorm Aufstehen kam ihr allerdings eine Idee, auf die sie schon längst hätte kommen können. Zu blöd, dass sie da nicht schon früher dran gedacht hatte, es wäre so naheliegend gewesen.

Der erste Weg nach dem Morgenritual führte sie daher sofort wieder zur Polizeistation. Mit einem schnellen Gruß eilte sie an den beiden Junginspektoren vorbei, von deren Unterhaltung sie gerade noch ein paar Fetzen auffangen konnte.

»… so können die mit nur einem Leguan den ganzen Tag lang Leguanschwänze grillen.«

»Ehrlich?«

»Ehrlich!«

Hemma klopfte alibihalber an Huberts Bürotür, wartete aber die Einladung zum Eintreten erst gar nicht ab.

»Guten Morgen, Hubert, ich weiß jetzt, wie wir es machen!«

Hemmas Überraschungsbesuche erlebte Hubert immer mit sehr gemischten Gefühlen. Einerseits freute er sich immer, sie zu sehen. Andererseits wusste er, dass nun wieder etwas auf ihn zukam, was er sich lieber erspart hätte.

»Guten Morgen, Hemma.«

»Hubert, sowohl der Gustl Kleist wie auch der Dr. Brauner haben doch gesagt, dass sie eine SMS von der Frau Kleist bekommen haben. Aber wenn sie tot ist, kann sie ja keine geschrieben haben. Also muss wer anderer die Nachrichten schreiben. Und wer? Genau. Der Mörder. Du musst also nur das Handy orten lassen, und schon wissen wir, wer der Mörder ist.«

»Ja, gute Idee, Hemma. Aber ich kann nicht einfach ein Handy orten lassen.«

»Aber du bist doch die Polizei!«

»Aber wir haben keinen Akt und keinen Fall! Verdammt noch mal, Hemma, wie oft muss ich dir das noch sagen?«

»Aber wenn sich herausstellt, dass das Handy nie unsere Gegend verlassen hat, dann haben wir einen Fall, oder?«

Hubert dachte kurz nach: Klar, wenn die Frau Kleist offiziell in Togo ist und Nachrichten schreibt, aber ihr Handy nie außer Landes war, dann stimmt einfach etwas nicht.

»Hast du eigentlich ihre Handynummer?«

»Nein, die ist geheim und steht auch nicht im Telefonbuch. Sonst hätte ich sie ja längst schon angerufen, da kannst du dir sicher sein.«

Hubert stöhnte ein wenig. Er spürte wieder einmal seine Machtlosigkeit Hemma gegenüber und wusste, dass sie nicht nachgeben würde, bis er das Handy für sie geortet hätte.

»Schau, Hubert, du hast dich doch damals, als die Lehrerin ermordet wurde, sehr gut mit dem Sonderermittler aus Wien verstanden. Wie hieß er gleich noch?«

»Du meinst Major Oswald, den Hans?«

»Genau, erklär ihm die Sache, der wird dir helfen.«

»Ich glaube eher, der wird mir den Arsch aufreißen. Wir sind hier schon viel zu weit gegangen, und das auf eigene Faust.«

»Bitte, Hubert, rede mit ihm. Es gibt dann eh nur zwei Möglichkeiten. Entweder das Handy ist noch hier, dann haben wir einen Fall. Oder es ist in Afrika …«

»Und dann?«

»Dann gebe ich auf.«

»Okay, in Gottes Namen, ich werde ihn anrufen und dir Bescheid geben.«

»Ruf ihn doch gleich an!«

»Nein, Hemma, nein und nochmals nein. Ich rufe ihn später an. Und jetzt ist Schluss.«

Hemma setzte noch ein unschuldiges Lächeln auf, drückte Hubert noch ein Busserl auf die Wange und verschwand.

Obwohl wieder einmal Mittwoch und somit Bügeltag war und Hemma in ihren Pflichten momentan sowieso massiv hinterherhinkte, dauerte es keine halbe Stunde, bis sie bei Hubert anrief und ihn fragte, ob er schon mit dem Major telefoniert habe. Und nachdem sie eine weitere halbe Stunde später schon wieder am Telefon war, beschloss Hubert, der Nervensägerei ein Ende zu bereiten, und griff zum Hörer.

»Ja, hallo, ja, hier Gruppeninspektor Güntschl aus Niederfeld. Den Major Oswald, bitte … Ja, das würde ich ihm gern selber sagen, worum es geht. Sagen Sie ihm einfach, es wäre dringend.«

Hubert hörte, wie er weitergeleitet wurde. Dass der Major nicht gleich abhob, war ihm nur recht, wusste er doch noch gar nicht, was genau er ihm sagen sollte.

»Oswald.«

»Hans, da ist der Hubert Güntschl aus Niederfeld. Erinnerst du dich? Du warst damals bei uns, als die Lehrerin ermordet wurde.«

»Ja, Hubert, servus. Klar erinnere ich mich. Den Fall haben wir doch bravourös gelöst. Was gibt es denn? Ich habe gehört, es wäre dringend. Ihr habt doch nicht schon wieder einen Mord?«

»Ja, das ist das Problem, ich kann es nicht genau sagen. Aber es spricht einiges dafür.«

»Was spricht denn dafür?«

»Die Hemma. Du kannst dich sicher noch an sie erinnern.«

»Klar, die Hemma Thom.«

»Eigentlich Gruber. Also, die Hemma glaubt, dass jemand eine Leiche vergraben hat. Und jetzt sind wir halt da ein wenig am …«

»Am Ermitteln? Ermittelst du eigenmächtig an einem Mordfall? Das glaub ich jetzt aber nicht.«

»Also, ermitteln ist zu viel gesagt. Aber wir erkundigen uns halt ein bisserl.«

»Hubert, du weißt, dass du dazu nicht befugt bist. Was ist denn passiert?«

»Also, eine alte Frau bei uns glaubt, dass sie in der Nacht im Wald jemanden gesehen hat, der eine Leiche vergraben wollte. Daraufhin hat sie die Hemma geholt. Aber wie die beiden zu der Stelle hingekommen sind, war nichts mehr zu sehen.«

»Kann es sein, dass die Alte einfach nur phantasiert hat?«

»Ja, aber wir haben eine Blutspur dort gefunden.«

»Die kann auch von einem Hasen sein.«

»Nein, die war von einem Menschen. Noch dazu von einem mit einem Pankreaskarzinom.«

»Und woher weißt du das?«

»Bitte erwürg mich jetzt nicht, ich weiß es aus dem Kriminallabor.«

»Das ist nicht dein Ernst. Du hast keinen offiziellen Fall, du hast keinen Akt, du hast keinen Auftrag, wie kannst du eigenmächtig im Kriminallabor einen Bluttest beauftragen? Und wer hat den eigentlich durchgeführt?«

»Bitte erspar mir das. Er hat es außerhalb der Dienstzeit gemacht. Ich hab ihm versprochen, dass ich ihn nicht verpetze.«

»Gut, und wie ging es weiter?«

»Wir haben herausgefunden, wie viele Patienten es in der Gegend mit einem Pankreaskarzinom gibt. Und da hat sich ergeben, dass sämtlich Patienten da sind. Oder tot sind. Bis auf eine Frau, die angeblich nach Afrika gefahren ist.«

»Und wie habt ihr das rausgefunden?«

»Na, über die Ärzte hier.«

»Mich haut es gleich vom Sessel. Was denkst du dir eigentlich dabei?«

»Bitte, Hans, kannst du dir vorstellen, was los ist, wenn den ganzen Tag die Hemma hinter dir steht und einfach keine Ruhe gibt?«

»Ja, das kann ich mir sehr wohl vorstellen. Und ich muss auch zugeben, dass sie uns bei der Lehrerin schon ziemlich geholfen hat. Was weißt du noch?«

»Ihr Mann hat sie vorletzten Samstag zum Zug nach Wien gebracht. Die Hemma hat aber einen Taxifahrer ausfindig gemacht, der sie wieder ins Weinviertel zurückgefahren hat.«

»Die schreckt vor nichts zurück.«

»Und dann hat sie aber mit dem Ehemann gesprochen, und der behauptet, dass er hin und wieder eine SMS von ihr bekommt.«

»Hubert, ich weiß nicht mehr, was ich sagen soll. Wissen die Angehörigen, dass ihr denkt, dass die Frau ermordet wurde? Was ist, wenn das alles nicht stimmt? Ist dir klar, welchen Schock du diesen Leuten versetzen kannst? Du riskierst gerade Kopf und Kragen.«

»Nein, Hans, so blöd ist die Hemma auch wieder nicht. Niemand weiß, dass wir die Frau für tot halten. Da passen wir schon auf.«

»Und was machen wir jetzt?«

»Schau, Hans, eigentlich ist die Sache jetzt relativ einfach. Wir müssen das Handy orten. Wenn es in Afrika ist, dann hat die Hemma sich getäuscht, und wir vergessen die Sache. Wenn es aber noch irgendwo hier ist, dann ist das doch verdächtig, oder?«

»Hör zu, Hubert, du gibst mir jetzt die Nummer, und ich werde der Sache nachgehen. Und weißt du, was du in der Zwischenzeit tust? Gar nichts. Du und die Frau Thom, ihr tut gar nichts mehr. Alles klar?«

»Alles klar, Hans. Aber Nummer hab ich keine, die hat nämlich eine Geheimnummer. Aber ihr Name ist Kleist. Marie Kleist, Großwinzerin.«

»Gut, dann ruf ich dich am Nachmittag zurück. Servus.« Und damit war das Gespräch beendet.

Hubert wollte sich noch etwas Zeit lassen, bevor er die Hemma anrief. Irgendwie musste er sich von dem Gespräch ein wenig erholen. Aber da hatte er wieder einmal die Rechnung ohne Hemma gemacht, denn kaum hatte er aufgelegt, klingelte sein Handy schon wieder, und Hemma wollte wieder wissen, ob er bereits aktiv geworden war.

»Ja, Hemma, ich habe mit ihm gesprochen. Begeistert war er von unserer Vorgangsweise überhaupt nicht, um nicht zu sagen, dass er ziemlich angefressen gewirkt hat. Aber er wird das Handy orten und mich am Nachmittag zurückrufen.«

»Sehr gut, Hubert, das hast du super gemacht. Übrigens, hast du am Nachmittag ein wenig Zeit? Wir könnten in die Stadt hinüberfahren und ein paar Sachen für deine Küche kaufen. Damit ich dir endlich einmal was kochen kann.«

Und schon war Hubert wieder eingewickelt.

Gerade als Hemma das letzte Collarhemd gebügelt hatte, rief Hubert an, dass er sie nun abholen komme. Die Fahrt in die Bezirkshauptstadt hinüber dauerte in etwa eine Viertelstunde. Natürlich hätten sie auch im kleinen Dorfsupermarkt in Niederfeld einkaufen können, aber wenn auch ein paar exotische Lebensmittel dabei sein sollten, war außer einem Fläschchen Sojasoße hier wohl kaum etwas zu kriegen.

In der Stadt gab es einen großen Supermarkt, der auch eine gute Haushaltsabteilung hatte.

»Wie viele Pfannen hast du?«

»Na, eine!«

»Und wie viel Töpfe?«

»Auch einen.«

»Und auch nur eine Schüssel, nehme ich an?«

Hubert nickte. Und für Hemma war klar, dass Huberts Küche erst einmal ordentlich aufgerüstet werden musste.

Bei den Lebensmitteln war es ähnlich. An Grundnahrungsmitteln hatte er nur Brot, Eier, Butter, etwas Schinken, Käse, Kaffee und Milch zu Hause. Gerade genug für Frühstück und ein kaltes Abendessen, das dem Frühstück sehr ähnlich war, bis auf den Kaffee, den er durch ein Bier oder ein Glas Wein ersetzte. Mittags aß er sowieso immer das Tagesmenü beim Dorfheurigen.

Auch hier stockte Hemma erst einmal die Grundvorräte auf. Dann nahm sie noch sämtliche Zutaten, die sie für ein erstes Abendessen benötigte, samt den dazugehörigen Gewürzen.

An der Kassa trennte Hemma die Küchenutensilien von den Lebensmitteln, denn auf Letzteres wollte sie ihn einladen.

»Kommt überhaupt nicht in Frage!« Natürlich wollte Hubert alles bezahlen. Aber Hemma bestand darauf mit dem Argument, dass Hubert letztes Mal beim Heurigen bezahlt hätte.

Hemma war keine Frau, die sich in Sachen Emanzipation immer nur die Rosinen herauspflückte. Gleiche Rechte, gleiche Pflichten, das war ihr Motto. Und als Hubert auf der Rückfahrt noch darauf hinwies, dass er ja schließlich mehr verdiene, meinte sie nur, dass sie dafür zum Leben viel weniger benötigen würde.

»Schau, das meiste, was ich brauche, zahlt eh die heilige Mutter Kirche. Um mich brauchst du dich nicht zu sorgen.«

Mitten in die Diskussion platzte plötzlich Huberts Handy. Das Display zeigte keinen Namen, sondern nur eine Nummer an. Es war also niemand, den Hubert abgespeichert hatte. Darum wollte er auch nicht über die Freisprechanlage telefonieren, weil ja schließlich nicht jedes dienstliche Gespräch auch für Hemmas Ohren bestimmt war.

»Ja, servus, Hans!«

In diesem Moment wurde aber Hemma ganz hellhörig

und bestand darauf, dass sie mithören durfte. Hubert stellte auf laut und legte noch seinen Zeigefinger an die Lippen, was hieß, dass Hemma absolut still sein sollte.

»Hast du was für mich, Hans?«

»Weißt eh, Hubert, ich glaube, deine Hemma Thom hat wieder einmal ins Schwarze getroffen.«

»Gruber, Hemma Gruber.«

»Ja, ich weiß schon, aber du sagst doch selber immer Hemma Thom.«

Wusch – Hubert musste sich einen ziemlich strengen Blick gefallen lassen.

»Also, ich habe das Handy orten lassen, und es hat tatsächlich eure Gegend nie verlassen. Bis auf vorletzten Samstag, da war sie einmal in Wien.«

Da ballte Hemma ihre Faust, und es entfuhr ihr ein halblautes »Bingo!«.

»Wie bitte?«

»Ich sagte ›Bingo‹«, antwortete Hubert. »Und weißt du auch, wo das Handy jetzt ist?«

»Nein, es ist ausgeschaltet. Und das war es meistens in den letzten Tagen. Es sind nur ein paar wenige SMS abgegangen.«

»Super, dann hatte die Hemma also recht mit ihrem Verdacht. Sag, Hans, wie soll ich denn jetzt weiter vorgehen?«

»Also, wie ich das sehe, ist die Suppe zu dünn, als dass wir da jetzt großartig fahnden. Es gibt ja nicht einmal eine Vermisstenmeldung. Am besten, du schickst mir jetzt einmal eine kriminalpolizeiliche Wahrnehmung, dann haben deine Ermittlungen zumindest einen etwas offizielleren Charakter. Habt ihr eigentlich irgendeinen Verdacht? Haben Sie einen Verdacht, Frau Gruber?«

»Wie meinst du das, Hans?«

»Also, das ›Bingo‹ klang nicht sehr nach Männerstimme.«

»Hallo, Herr Major, Gruber hier.«

»Hallo, was meinen Sie, haben Sie wen in Verdacht?«

»Na, die Frau hatte offenbar eine Affäre mit einem Künstler, den sie auch gefördert hat. Seidl heißt er. Aber der wäre ja blöd, wenn er sie umbringen würde. Der Ehemann war es eher auch nicht. Wenn er weiß, dass seine Frau ohnehin todkrank ist, warum sollte er sie dann töten? Der Fall hätte sich ja sowieso von selbst erledigt. Dann käme auch noch ein Taxifahrer in Frage. Raubmord! Die Frau hat schließlich reich ausgesehen und hatte eine volle Brieftasche dabei. Aber der hat mir ganz genau beschrieben, wo er die Frau abgesetzt hat, nämlich bei diesem Seidl. Und er konnte ja nicht wissen, dass dieser und die Frau Kleist sich kannten …«

»Verstehe. Wie gesagt, noch wissen wir nicht, ob die Frau wirklich umgebracht worden ist. Vielleicht läuft sie eh quicklebendig durch die Gegend. Also meinen Segen habt ihr, wenn ihr euch ein wenig umhört. Und noch eines, Frau Gruber, nur damit das klar ist. Die Ermittlungen führt der Herr Postenkommandant Güntschl. Nicht Sie. Okay?«

»Jawohl, Herr Major.«

Den letzten Satz fand Hemma ein wenig kränkend. Andererseits war sie aber ziemlich stolz, dass sie wieder einmal ihren Spürsinn unter Beweis stellen konnte. Dass es ein Mordopfer gab und dieses Marie Kleist hieß, war für sie nun sonnenklar. Fragte sich nur noch, wo die Leiche lag und wer der Mörder war.

»Übrigens, eine Bitte hätte ich noch, Herr Major. Die Frau Kleist hätte ja am vorletzten Sonntag eine Maschine von München nach Togo nehmen sollen. Wahrscheinlich so um die Mittagszeit oder am frühen Nachmittag. Könnten Sie uns helfen herauszufinden, ob sie in der Maschine gesessen ist? Oder in einer der nächsten? Nur damit wir absolute Sicherheit haben. Das kann sicher nicht schwer sein, so viele Maschinen fliegen ja nicht nach Togo.«

»Gut, das mach ich. Aber normalerweise bin ich der, der delegiert.«

DREIZEHN

»Sag, wo warst du denn gestern die ganze Zeit? Ich habe dich den halben Nachmittag gesucht. Jetzt fang endlich einmal deinen depperten Mörder, damit wieder Normalität einkehrt. Die ganze Arbeit steht still.«

»Mach dir da einmal keine Sorgen, Pepperl, du weißt, dass ich meine Arbeit noch immer erledigt habe.«

»Aber gestern warst du den ganzen Nachmittag weg. Und ich habe dich nirgends gefunden.«

»Hast du schon einmal was von einem Handy gehört? Du hättest mich ja anrufen können. Ich war nur kurz mit dem Hubert in der Stadt drüben, um ein paar Sachen einzukaufen.«

»Schau, schau, schon wieder der Hubert. Läuft da doch was zwischen euch?«

»Und selbst wenn … Du wärst wahrscheinlich der Letzte, mit dem ich mich darüber unterhalten würde. Nicht, weil du mein Bruder bist, sondern einfach, weil ich glaube, dass ihr Pfarrer dafür die ungeeignetsten Gesprächspartner überhaupt seid.«

»Na hallo! Gerade wir Priester sind die kompetentesten Ansprechpartner, wenn es um Beziehungen oder Familie geht. Wir sind hierfür sogar ausgebildet. Selbst in Sexualfragen …«

»Siehst du, Pepperl, das ist genau der Punkt, den ich nie verstanden habe. Gerade ihr Priester, die ihr nach dem Zölibat lebt, habt doch von Beziehung und Familie die allerwenigste Ahnung. Und von Sexualität solltet ihr auch keine Ahnung haben. Und trotzdem glaubt die Kirche immer, dass sie in diesen Punkten etwas mitzureden hat.«

»Wenn wir von Sexualität reden, dann reden wir doch nicht über Techniken. Sondern über Werte und über Verantwortung.«

»Und über Sünde, da kennt sich die Kirche ja aus. Auf der einen Seite redet ihr den Leuten ein, dass sie sündigen. Auf der anderen Seite stellt ihr euch als die Einzigen dar, über die Vergebung erlangt werden kann. Auch eine Methode, sich wichtigzumachen.«

»Sag einmal, seit wann gibt es von deiner Seite derartige Frontalangriffe gegen die Kirche?«

»Das ist kein Angriff, sondern nur eine Feststellung. Aber inzwischen glaubt euch eh keiner mehr was auf diesem Gebiet.«

»Na servus, der Tag fängt ja gut an. Aber eines beschäftigt mich schon. Wenn du und der Hubert tatsächlich ein Paar werdet, was ist dann mit mir? Wirst du dann zu ihm ziehen?«

»Geh, Pepperl, davon ist doch überhaupt keine Rede. Du weißt schon, dass du dich auf mich verlassen kannst. Übrigens, am Abend kriegst du heute was Kaltes. Ich habe dem Hubert versprochen, dass ich für ihn koche.«

Das Frühstücksgeschirr war in zwei Minuten im Geschirrspüler, und schon war Hemma wieder auf dem Weg zur Polizeistation. Hubert schrieb gerade auf seinem Computer, als Hemma in üblicher Manier sein Büro betrat.

»Morgen, Hubert. Na, heute gehen wir es an, stimmt's?«

»Hallo, Hemma, ich schicke gerade dem Hans die kriminalpolizeiliche Wahrnehmung. Und ich denke, dann werde ich einmal ins Weingut Kleist hinüberfahren.«

»Du?«

»Wer sonst?«

»Na, wir natürlich!«

»Hemma, du hast doch gehört, was der Major Oswald gestern gesagt hat. Die Ermittlungen muss natürlich ich machen. Du bist Pfarrersköchin. Du kannst doch nicht offiziell ermitteln.«

»Nein, nein, Hubert, so geht es nicht. Niemand wüsste ohne mich, dass die Marie Kleist tot ist.«

»Falls sie tot ist.«

»Sie ist tot. Nein, nein, du kannst mir den Fall jetzt nicht entziehen. Wir fahren gemeinsam hinüber.«

»Und was soll deine Funktion sein?«

»Wurscht, das überlegen wir uns im Auto. Aber so lass ich mit mir nicht umspringen.«

Hubert wusste, dass dies keine Bitte von Hemma war, sondern eine Klarstellung. Trotzdem musste auf dem Weg zum Weingut auch der Hubert ein paar Richtlinien festlegen.

»Reden tu aber ich. Und du sagst nur was, wenn ich dich was frage, klar?«

Es ließ sich nicht vermeiden und es war auch durchaus erkennbar, dass Hemma und Hubert etwas nervös waren. Hubert vielleicht sogar ein wenig mehr. Hatte doch er die Verantwortung und hing es doch von ihm ab, dass das bevorstehende Gespräch mit aller Behutsamkeit geführt wurde. Es durfte sich nicht wie die Überbringung einer Todesnachricht anhören. Jetzt war wirklich Fingerspitzengefühl gefragt.

Wenn man den Bürotrakt im Anwesen der Kleists betrat, kam man erst einmal am Büro von Fini Weber vorbei. Fini war somit immer die Erste, die Besucher wahrnahm, denn, wie schon gesagt, ihre Tür stand meistens offen. Als sie Hemma und Hubert bemerkte, stand sie sofort auf, um die beiden zu begrüßen.

»Fräulein Hemma, Herr Inspektor Güntschl, was führt Sie denn zu uns?«

»Grüß Gott, Frau Weber«, sagte Hemma. »Wir würden gern Ihren Schwager sprechen. Aber vielleicht könnten Sie mitkommen, es wäre ohnehin ganz gut, wenn Sie dabei wären.«

»Ja bitte, folgen Sie mir.« Fini Weber wirkte etwas überrascht.

Und schon gab es den ersten bösen Blick von Hubert und einen leichten Stupser. Indem Hubert mit seinem Zeigefinger auf sich selbst zeigte, gab er Hemma zu verstehen, dass er es war, der hier das Wort führte.

»Gustl, das Fräulein Hemma und der Herr Inspektor Güntschl würden gern mit uns sprechen.«

Gustav reagierte überrascht, aber freundlich, bat die beiden, doch hereinzukommen und Platz zu nehmen, und fragte, ob es denn eine Tasse Tee sein dürfte, was aber beide dankend ablehnten.

»Worum geht es denn?«

»Herr Kleist, Ihre Frau ist zurzeit verreist. Richtig?«

»Richtig, sie ist wieder einmal in Afrika auf der Jagd nach Ungeziefer.« Und dabei konnte er sich ein kleines ironisches Lächeln nicht verkneifen.

»Herr Kleist, gnädige Frau, wir sind nicht hergekommen, weil wir Sie beunruhigen wollen. Aber an das Fräulein Hemma, und darum habe ich sie auch gebeten, mitzukommen, also, an das Fräulein Hemma ist der Verdacht herangetragen worden, dass Ihre Frau möglicherweise … nicht nach Afrika geflogen ist.«

»Aber das kann nicht sein. Die Fini und ich haben sie am Tag vor ihrer Abreise noch zum Bahnhof nach Wien gebracht. Bis hin zum Bahnsteig. Wie kommen Sie denn überhaupt auf so einen Verdacht?«

»Die Sache ist die …«, wollte Hemma erklären.

»Die Sache ist die«, unterbrach sie Hubert, »dass es hier keinerlei Beweise, sondern nur einen vagen Verdacht gibt, über den wir noch nicht reden können, bitte verstehen Sie das. Wir hoffen auch, dass an dem Verdacht nichts dran ist und Ihre Frau bald wieder gesund aus Afrika zurückkehren wird. Aber es ist meine Pflicht, der Sache nachzugehen.«

»Das ist ja schrecklich!« Fini wirkte ziemlich geschockt.

»Mach dir keine Sorgen, Fini«, versuchte ihr Schwager sie zu beruhigen, »das ist sicher nur ein Missverständnis. Ich habe in der Zwischenzeit auch schon mehrere SMS von ihr erhalten.«

»Und diese SMS kamen von der Nummer, die Sie als die Nummer Ihrer Frau gespeichert haben?«, mischte sich Hemma nun doch ein. Sie konnte sich wirklich nur schwer zurückhalten.

»Ja sicher!«

»Danke, Fräulein Hemma.« Mit einem etwas mürrischen Blick zog Hubert das Wort wieder an sich. »Das Problem ist Folgendes. Das Handy Ihrer Frau scheint Österreich nie verlassen zu haben. Wir wissen, dass in den letzten Tagen einige SMS vom Handy Ihrer Frau abgesendet wurden. Aber das Handy Ihrer Frau befand sich zu diesem Zeitpunkt irgendwo in unserer Gegend hier.«

»Gustl, was ist da los? Was passiert da, Herr Inspektor?« Fini wirkte nun wirklich ziemlich verzagt.

»Ich habe keine Erklärung, Fini.«

»Mehr wissen wir auch nicht, gnädige Frau. Wir hätten nur gehofft, dass Sie uns etwas dazu sagen können.«

»Herr Güntschl, ich bin auch fassungslos. Gehen Sie davon aus, dass meiner Frau etwas zugestoßen ist?«

»Wir hoffen nicht. Vielleicht wird sich alles in Wohlgefallen auflösen. Aber die Sache ist aufklärungsbedürftig.«

Nach diesem Satz erhob sich Hubert, und die anderen standen ebenfalls auf. Beim Verabschieden versprach Hubert noch, Herrn Kleist immer auf dem Laufenden zu halten. Aber Hemma war mit dem Ergebnis noch total unzufrieden. Während sie noch Gustav Kleists Hand drückte, konnte sie ihren Wissensdrang nicht bändigen.

»Herr Kleist, sagt Ihnen der Name Lukas Seidl etwas? Ein Kunstmaler drüben in Kühstein.«

»Seidl …? Ja, der sagt mir was. Ich war mit der Marie einmal bei ihm auf einer Vernissage. Warum fragen Sie?«

Doch noch ehe Hemma antworten konnte, übernahm wieder der Hubert.

»Auch das fällt unter den Titel Verschwiegenheit. Gnädige Frau, Herr Kleist, es tut mir wirklich leid, wenn wir Sie jetzt beunruhigt haben. Es gibt überhaupt keine Beweise, dass Ihrer Frau was passiert ist. Entschuldigen Sie einfach unseren Überfall.«

»Das sagt sich leicht, Herr Inspektor Güntschl. Aber nach so einer Information kann man nur beunruhigt sein. Bitte klären Sie die Sache so rasch wie möglich auf. Und wie gesagt, halten Sie mich auf dem Laufenden.«

Auf der Rückfahrt kam es natürlich zum vorprogrammierten Krach.

»Wir haben ganz klar vereinbart, dass du dich da raushältst, Hemma. Was sollte das mit dem Seidl, warum sprichst du Themen an, ohne dass wir uns vorher abgesprochen haben?«

»Natürlich muss man die Sachen ansprechen, wie willst du denn sonst etwas herausfinden? Und du mit deinem ständigen ›Es gibt keine Beweise‹. Natürlich gibt es Beweise. Irgendwann muss man ihnen einmal sagen, dass die Marie tot ist. Jetzt geht es den beiden echt mies. Verstehst du, diese Ungewissheit, in der wir sie jetzt zurücklassen … Der Kleist hat eh etwas gefasster gewirkt. Aber die Fini ist ja total von der Rolle. Wie soll sie denn jetzt mit der Situation umgehen? Arme Fini.«

»Hallo, du hast den Stein ins Rollen gebracht. Und ich kann die Sache jetzt auslöffeln. Deinetwegen scheiß ich da jetzt mit einem Mordfall herum, obwohl wir nicht einmal eine Leiche haben. Wenn sich hier jemand beschweren kann, dann bin ich es.«

Im Dorf angekommen fuhr Hubert direkt zum Pfarrhof, um Hemma abzusetzen. Die Verabschiedung war eher kühl. Hubert brauchte erst einmal Zeit, um ein wenig durchzuatmen.

Aber auch Hemma beschloss, als Nächstes ein wenig Dampf abzulassen. Und dazu eignete sich nichts besser, als dass sie sich an die Kirchenorgel setzte und wild drauflosspielte.

Waren es erst ein paar Klassiker, die Hemma in die Orgel

zwang, wie etwa Bruckner oder Liszt, so tastete sie nach einer gewissen Zeit nach etwas beschwingteren Tönen, bis sie schlussendlich bei »I am from Austria« von Rainhard Fendrich ankam. Doch dann wurde sie wieder ernster, über ein Beethoven-Klavierkonzert landete sie schließlich beim Weihnachtsoratorium von Johann Sebastian Bach. Unbewusst setzte sie ihre rechte Hand immer weniger, die linke dafür umso intensiver ein, bis schließlich wieder nur Basstöne aus den Pfeifen dröhnten, die Hemmas Seele zum Schwingen brachten.

Schließlich verließ sie die Orgel, stieg hinunter vom Chor und ging wie von Gottes Hand geleitet nach vorn zum Marienaltar, wo sie kniend zur Gänze in ihrer Trance verschwand. »… der dich, oh Jungfrau, in den Himmel aufgenommen hat!« Niemand kann sagen, wie lange sie in diesem Zustand verharrte. Doch als sie die Augen öffnete, war sie wieder um eine Idee klüger. Das Testament. Marie Kleists Vermächtnis.

Kaum war Hemma aus der Kirche, griff sie zu ihrem Handy, um Hubert anzurufen. Natürlich hob er gleich ab, schließlich war er der Hemma gegenüber wirklich nicht nachtragend. Dass Hemma aber gleich wieder einen Ton fand, wie wenn nichts gewesen wäre, überraschte ihn dann aber schon ein wenig.

»Hubert, ich weiß jetzt, was wir tun müssen. Bleibt es eh dabei, dass ich heute Abend bei dir koche?«

Weiber, dachte Hubert. Unberechenbar, sowohl in die eine als auch in die andere Richtung. Aber natürlich bestätigte er die Verabredung, hatte er sich doch ohnehin schon sehr darauf gefreut.

Als Hemma am Abend bei Hubert ankam, sah sie als Erstes, dass sämtliche Kochutensilien, die sie am Vortag gekauft hatten, noch überhaupt nicht ausgepackt waren.

»Aber Hubert, die Sachen sind doch alle verstaubt, die muss man vorher waschen.«

Auch die Lebensmittel waren alle noch im Einkaufssackerl, bis auf die Hühnerfilets. So gescheit war er doch, dass er wusste, dass leicht Verderbliches in den Kühlschrank musste.

Hemma wollte sich gleich an die Arbeit machen, aber Hubert sah überhaupt keinen Grund zu hetzen, der Abend sollte doch gemütlich werden. Darum bremste er Hemma, öffnete erst einmal eine Flasche Wein und hob feierlich sein Glas, um anzustoßen.

»Was hast du denn für eine Idee, Hemma?«

»Hast recht, lass es uns gemütlich angehen. Trinken wir das Glas, dann wäschst du die neuen Töpfe ab, und ich schneide inzwischen die Zwiebeln. Und beim Essen erzähle ich dir meine himmlische Eingebung.«

»Deine was?«

»War nur ein Scherz.«

Hemma hatte ein asiatisches Gericht geplant. Zuerst wusch sie den Basmatireis, wobei sie dabei mehrmals das Wasser wechselte. Dadurch klebte der Reis hinterher besser. Denn anders als ein Reis zu einem Pariser Schnitzel, der überhaupt nicht kleben sollte, muss Reis bei einem Asiagericht sehr wohl kleben. Wie sollte man ihn sonst mit Stäbchen essen können? Zum Kochen nahm sie dann wieder frisches Wasser. Dann schnitt sie Zwiebel, Knoblauch, Ingwer und einen roten Paprikaspitz. Bambussprossen gab es aus der Dose. All diese Zutaten kamen in den Wok. Das Huhn wurde in Stücke geschnitten, in einer eigenen Pfanne angebraten und kam dann ebenfalls in den Wok. Gelöscht mit trockenem Sherry und Sojasoße, geschärft mit Chiliflocken, Kokosmilch drüber, zwei Löffel Erdnussbutter dazu, aufkochen lassen, fertig.

»Das war alles? Ich dachte, da braucht man mindestens zwei Stunden dafür! Das war ja in einer guten Viertelstunde fertig. Ich habe einmal zugesehen, wie meine Mutter ein Gulasch gekocht hat, die hat drei Stunden dafür gebraucht.«

»Abrakadabra«, sagte Hemma. »Ich sehe, du stellst dich nicht nur ahnungslos, was Kochen betrifft. Du scheinst es wirklich zu sein.«

Inzwischen war auch schon der Tisch gedeckt, und Hubert war total begeistert, dass ein Schnellgericht so professionell und köstlich schmecken konnte.

»Du bist ein Genie, Hemma. Und jetzt erzähl!«

»Also Folgendes, Hubert. Nachdem die Marie Kleist schon längere Zeit gewusst hat, dass sie keine hohe Lebenserwartung mehr hat, da hat sie doch bestimmt versucht, ihre Hinterlassenschaft zu regeln. Das heißt, es muss ein Testament geben. Und dieses Testament würde ich gern sehen. Ich bin mir sicher, dass uns das weiterbringen wird.«

»Ich weiß jetzt nicht genau, wie die Besitzverhältnisse bei den Kleists sind. Das meiste wird ihr gehören, der Rest ihrem Mann und ihrer Schwester. Und man munkelt ja, dass der Mann und die Fini ein Gspusi haben. Wenn die Frau Kleist tot ist, dann werden halt die beiden den Betrieb weiterführen. Als Paar, nehme ich an, wenn auch nicht gleich, schließlich müssen sie ja den Schein wahren. Und irgendwann einmal erbt dann der Sohn von der Fini.«

»Da wirst du schon recht haben. Aber irgendwie sagt mir mein Gefühl, dass wir uns das ansehen sollten. Und nachdem wir eh nur einen Notar drüben in der Stadt haben, sollten wir morgen hinfahren. Jetzt, wo wir offiziell ermitteln …«

Das »wir« kostete Hubert wiederum ein Lächeln, aber er ließ es einfach einmal so stehen.

»Ich glaube aber nicht, dass uns der Notar Einsicht in ein Testament gewähren kann. Auch wenn wir offiziell antanzen. Dafür wird er einen richterlichen Beschluss verlangen.«

»Probieren wir es einfach und schauen, ob was dabei herauskommt.«

Hemma hatte das Abendessen von der Menge her so geplant, dass Hubert sich am nächsten Tag noch eine Portion hätte aufwärmen können. Aber Hubert war so begeistert von dem Essen, dass er es in sich hineinstopfte wie ein Ölträger und zum Schluss nichts mehr übrig blieb.

Hemma half noch beim Abwasch und beim Einräumen des Geschirrs. Dann sah sie zum ersten Mal auf die Uhr. Doch Hubert überredete sie, doch noch ein wenig am Sofa Platz zu nehmen, damit der nette Abend nicht so abrupt endete.

So saßen die beiden am Sofa, erst mit einem Respektsabstand. Hemma wollte noch ein wenig über den Fall reden, aber Hubert war überhaupt nicht mehr danach. Wie ein Schulbub pirschte er sich immer näher an sie heran, bis er endlich den Arm um ihre Schulter legte. Hemma war natürlich klar, was jetzt kam, aber sie ließ es erst einmal geschehen. So zog Hubert die Hemma an sich und küsste sie, man könnte sagen, filmreif.

Auch das ließ Hemma noch zu, doch als Hubert begann, sich mit dem Verschluss ihres BHs zu beschäftigen, kam von ihr ein eindeutiges Stoppzeichen.

»Ich weiß eh, Hubert, du hättest es dir verdient. Und ich möchte es auch gern. Aber gib mir noch ein bisschen Zeit.«

»Ja eh. Mir fällt es nur ein wenig schwer, das zu begreifen. Wir haben es doch schon einmal miteinander getan. Und es war schön. Warum ist es jetzt auf einmal so schwierig für dich?«

»Ja, Hubert, es war schön damals. Aber letztendlich war es doch eine Rauschgeschichte. Schließlich hatten wir schon drei Flaschen Wein intus. Dieses Mal sollte es anders sein. Und außerdem … es ist bei mir nicht mehr so wie früher. Inzwischen ist es mir peinlich, mich vor einem Mann nackert auszuziehen.«

»Aber Tschapperl, beim Sex ist überhaupt nichts peinlich.«

»Ich denke, dass Sex grundsätzlich peinlich ist. Aber vielleicht ist gerade das das Spannende dran.«

VIERZEHN

»Wie steht es denn nun eigentlich mit deiner Togo-Geschichte?«, fragte Pepperl die Hemma, während er ein Butterkipferl in seinen Milchkaffee tauchte. »Bringst du endlich was weiter? Ich hoffe, dass du bald zu einem Ende kommst, damit du wieder ein wenig mehr Zeit für die Kirche hast.«

»Du meinst, damit ich wieder mehr Zeit für dich habe.«

»Ich gehöre ja zur Kirche, ich bin ein Teil davon.«

»Auf jeden Fall weiß ich, dass irgendwo eine Leiche vergraben liegt. Und dass die Frau Kleist niemals in Togo war. Zumindest nicht in letzter Zeit.«

»Meinst du denn, dass die Frau Kleist das Opfer ist?«

»Sobald ich es sicher weiß, bist du der Erste, dem ich es sagen werde.«

»Ja, ja, mach dich nur lustig. Übrigens, habe ich dir eigentlich schon erzählt, warum die in Togo nie Buschbrände haben? Die haben dort eine irrsinnig intelligente Gorillapopulation. Die intelligenteste weltweit, wahrscheinlich. Und die haben ein fast menschenähnliches soziales Gefüge. Die einen sind die Jäger, die anderen bereiten das Essen zu. Junge Gorillaweibchen sind so was wie Kindergärtnerinnen. Und einige bilden die Feuerwehr. Wenn irgendwo im Busch ein Feuer ausbricht, dann gibt es einen Alarmschrei. Und alle, die bei der Feuerwehr sind, laufen los zur Brandstätte und zertrampeln sofort das Feuer. Drum sind größere Buschbrände in Togo so gut wie ausgeschlossen.«

»Ehrlich?«

»Ehrlich!«

Wie am Vorabend noch vereinbart, wollte Hemma gleich am Vormittag zum Hubert kommen, um mit ihm gemeinsam in die Stadt zum Notar zu fahren. Das heißt, »vereinbart« war vielleicht ein wenig übertrieben. Hemma bestand einfach darauf, und Hubert war klug genug, nicht lange Widerstand zu leisten. Es war schon ein gewohntes Bild, dass Hemma Morgen für Morgen zur Polizeistation radelte. Auch die Jungpolizisten wunderten sich nicht mehr, wenn Hemma an ihnen vorbeimarschierte und auf Huberts Büro zusteuerte.

Hubert legte sofort seinen Kugelschreiber weg, als er Hemma zur Tür hereinkommen sah. Ihm war klar, dass sie keine Minute verlieren wollte.

»Erwarte dir aber bitte nicht zu viel von dem Gespräch. Es täte mich echt wundern, wenn der Notar uns irgendeine brauchbare Auskunft geben würde.«

Während der zwanzig Minuten, welche die Autofahrt bis zum Notar dauerte, wurde nicht viel geredet. Hubert betonte nur noch einmal, dass er das Gespräch mit dem Notar führen werde und Hemma nur reden solle, wenn sie gefragt werde. Hemma nickte dabei zustimmend. Dass sie sich daran halten würde, glaubte weder sie noch er. Daraufhin herrschte kurzes Schweigen. Bis Hemma das Bedürfnis hatte, jetzt und hier ihr jüngstes Sensationswissen preiszugeben.

»Weißt du eigentlich, warum die in Togo nie Buschbrände haben? Die haben dort irrsinnig intelligente Gorillas …«

»Ehrlich?«

»Ehrlich!«

Der Notar Lehner hatte Gott sei Dank Kundenparkplätze, also musste nicht lange nach einem Standort für das Auto gesucht werden. Obwohl, Hubert und Hemma waren ja mit dem Streifenwagen unterwegs, den hätte man überall abstellen können, und kein Kollege und auch sonst niemand hätte sich beschwert.

Im Vorzimmer des Notars kam es zu einer Überraschung. Hemma traf dort die Jasmin, eines ihrer ehemaligen Cowboy-Mädchen.

»Ja, da schau her. Was für eine Überraschung. Die Jasmin. Was machst denn du da?«

Jasmin hatte sich seit der Cowboy-Zeit kaum verändert. Sie war nur noch wenige Zentimeter gewachsen. Bloß flocht sie das lange blonde Haare nicht mehr zu Zöpfen, sondern trug es nun offen. Sie begrüßte Hemma mit einem breiten Lächeln.

»Ja, grüß Gott, Fräulein Hemma. Ich bin hier schon seit ein paar Jahren. Der Herr Lehner hat mich erst als Lehrling eingestellt. Und wie ich ausgelernt hatte, bin ich gleich hiergeblieben.«

»Aber wohnen tust du schon noch in Niederfeld. Ich seh dich ja immer wieder.«

»Ja, ja, ist ja nicht so weit. Ich fahre jeden Tag hin und her. Sie wollen sicher zum Herrn Notar. Aber Termin haben Sie keinen, oder? Zumindest habe ich nichts eingetragen.«

»Der Herr Güntschl ist in offizieller Mission hier und hätte ein paar Fragen an den Herrn Notar.«

»Gut, ich werde Sie anmelden.«

Jasmin verschwand nur kurz hinter der Tür des Notars. Nach wenigen Augenblicken kam sie wieder zurück und meinte: »Der Herr Notar lässt bitten.«

Notar Lehner war ein älterer, sehr feiner Herr, der hochgeschätzt war und den auch jeder kannte. War er doch der einzige Notar im Bezirk. Und irgendwann einmal brauchte jeder einen, zum Beispiel, wenn sich die Bauern gegenseitig ihre Grundstücke verscherbelten, bei Erbfällen, oft auch bei Bankangelegenheiten. Und auf jeden Fall bei Testamenten.

»Bitte setzen Sie sich, was kann ich für Sie tun?« Dabei fuhr er sich mit beiden Händen links und rechts über seinen Mittelscheitel. Er war bestimmt einer der Letzten, der noch seinen Scheitel schnurgerade von einer Fontanelle bis zur anderen zog.

»Es handelt sich um eine etwas delikate Angelegenheit«, begann Hubert das Gespräch. »Ich bitte Sie daher, unsere Unterhaltung für sich zu behalten, weil es dabei möglicherweise nur um ein Gerücht geht.«

Damit kassierte er einen etwas finsteren Blick von Hemma, der sich allerdings mit dem nächsten Satz wieder ein wenig aufhellte.

»Trotzdem mehren sich in dieser Angelegenheit die Indizien. Und wir hoffen, dass Sie uns damit ein wenig weiterhelfen können.«

»Ich werde mich bemühen.«

»Es geht – und bitte noch einmal, es muss unter uns bleiben –, es geht um die Frau Kleist, die Winzerin.«

»Aha, was ist mit ihr?«

»An und für sich sollte sie ja in Togo sein. Wir vermuten aber, dass sie niemals abgereist ist. Zumindest wissen wir, dass ihr Handy unsere Gegend nie verlassen hat. Von diesem Handy aus werden nach wie vor SMS versendet.«

»Vielleicht hat sie sich einfach hier in der Gegend ein wenig zurückgezogen? In eine Therme zum Beispiel. Und damit niemand sie stört, hat sie gesagt, sie wäre in Togo.«

»Das ist durchaus möglich. Es könnte aber auch sein, dass ihr etwas zugestoßen ist. Und ehrlich gesagt, vermuten wir eher Letzteres. Aber wir wissen es noch nicht so genau.«

»War Frau Kleist in letzter Zeit bei Ihnen wegen ihres Testaments?« Hemma konnte es nicht lassen, wieder preschte sie vor, und wieder gab Hubert ihr per Handzeichen zu verstehen, dass sie sich zurücknehmen sollte.

»Ich habe schon immer wieder mit Frau Kleist zu tun. Aber wegen des Testaments … Sie wissen ja, Herr Inspektor, ohne richterliche Verfügung darf ich Ihnen da keine Auskunft geben.«

In diesem Moment ging die Tür auf. Jasmin entschuldigte sich für die Störung und bat den Notar um eine dringende Unterschrift. Im Hinausgehen bekam sie noch mit, wie Hemma den Notar fragte, ob Frau Kleist im letzten Monat einmal hier gewesen sei. Dann schloss sie die Tür wieder hinter sich.

»Gnädige Frau, auch hier bin ich nicht befugt, Ihnen eine

Auskunft zu geben. Es tut mir wirklich leid, ich kann, oder besser gesagt, ich darf Ihnen da nicht helfen.«

Mehr war wohl hier nicht zu holen. Der Notar verabschiedete die beiden höflich. Und beim Hinausgehen trafen sie noch einmal auf Jasmin, die sich ebenfalls verabschiedete.

»Wir sehen uns eh sicher bald wieder einmal in Niederfeld. Alles Gute.«

Im Auto überdachten die beiden noch einmal das Gespräch.

»Eigentlich hat es gar nichts gebracht«, meinte Hubert.

»Da bin ich mir nicht so sicher. Wenn die Frau Kleist schon länger nicht mehr beim Notar gewesen wäre, dann hätte er uns das wahrscheinlich gesagt. Was wäre denn dabei, wenn er sagt, dass er sie schon ein Jahr nicht mehr gesehen hat? Wenn er uns aber sagt, dass er uns das nicht sagen darf, dann hat er uns eigentlich was gesagt. Nämlich, dass die Frau Kleist sehr wohl im letzten Monat mindestens einmal da war.«

»Das könnte stimmen. Hast wieder einmal einen guten Riecher.«

Just in diesem Moment läutete Huberts Handy. Und weil es praktischer und nebenher auch legaler war, schaltete Hubert auf die Freisprechanlage.

»Hubert, das ist der Hans. Servus.«

»Servus, Hans. Wie geht's?«

»Eh sauber. Du, deine Hemma Thom … ähhh, sitzt sie eventuell gerade wieder neben dir und hört mit?«

»Ja, Hans, genauso ist es.«

»Oje. Guten Tag, Frau Gruber.«

»Grüß Gott, Herr Major.«

»Also, ich habe eine Nachricht, die euch bestimmt interessieren wird. In der Maschine, die vorletzten Sonntag von München nach Togo geflogen ist, war zwar eine Frau Kleist gebucht, sie ist aber nicht gekommen. Und auch in den nächsten Tagen ist sie in keiner Maschine in Richtung Togo gesessen. Ihr Instinkt, Frau Gruber, scheint wieder einmal recht zu behalten.«

»Wie erwartet«, fügte Hubert hinzu. »Übrigens, könntest du uns einen richterlichen Beschluss bewirken lassen, damit ich ihr Testament einsehen kann? Hemma hat da so einen Verdacht …«

»Das ist mir jetzt noch zu früh, Hubert. Was ist, wenn die Frau wieder auftaucht? Das geht dann ja doch zu weit. Also, macht einfach einmal weiter so. Und haltet mich auf dem Laufenden. Alles Gute.«

»Die Frau wird sicher nicht mehr auftauchen«, versuchte Hemma zu argumentieren. Aber der Major hatte schon aufgelegt.

Am Freitagnachmittag trudelten meist Anrufe ein, die um die Frage kreisten, ob Hemma am Abend zum Schnapsen in den Dorfheurigen kam. Freitag war immer Spielabend. Und obwohl man ja auch zu zweit oder zu dritt schnapsen kann, ist es zu viert doch immer am spannendsten. Meist bildeten sich aber ohnehin drei bis vier Partien, häufig saßen auch ein paar Kiebitze rundherum, die einspringen konnten, wenn jemand nicht mehr konnte oder wollte.

Hemma stammte ja ursprünglich aus einer Gegend, in der mit doppeldeutschen Karten gespielt wurde. Hier hingegen spielte man mit den Französischen Karten, also Herz, Pik, Kreuz und Karo. Am Anfang war das schon eine Umstellung gewesen für sie. Aber jetzt, nach dreißig Jahren, stellte es überhaupt kein Problem mehr dar.

Als Hemma das Lokal betrat, war schon ziemlich viel los. An drei Tischen wurde bereits geschnapst, an zwei Tischen saßen Fremde, die Hemma nicht kannte. An einem versammelte sich die Dorfjugend, unter ihnen auch einer der Junginspektoren, der gerade eine spannende Geschichte erzählte.

»Und deshalb haben die in Togo niemals ein Buschfeuer. Nur wegen der Gorillas.«

»Ehrlich?«

»Ehrlich!«

»Komm, Hemma, setz dich zu uns, machen wir einen Vierer«, rief ihr einer der Gäste zu, der gerade mit zwei weiteren Männern beim Dreierschnapsen saß. Hemma setzte sich dazu, bestellte bei der Rosl ein Viertel Veltliner, und schon knallten die Karten auf den Tisch.

»Kreuz«, sagte Hemma. Und legte damit fest, welche Farbe in der ersten Runde Trumpf war.

Aber schon bald begannen die Männer, Hemma ein paar Fragen zu stellen. Es hatte sich in der Zwischenzeit herumgesprochen, dass sie wieder an einem Fall dran war, und auch der Name Marie Kleist wurde erwähnt. Hemma wäre prinzipiell nicht abgeneigt gewesen, zu berichten, was sie wusste. Sie erinnerte sich aber an die Worte von Major Oswald, der sie zur absoluten Vorsicht ermahnt hatte. Sie konnte somit nur ein wenig um den heißen Brei reden, auf genauere Details ließ sie sich nicht ein.

Als sie wieder einmal aufblickte, sah sie, dass am Dorfjugendtisch inzwischen auch die Jasmin, die Gehilfin des Notars, Platz genommen hatte. Und nicht nur das, Jasmin schaute auch immer zu ihr herüber. Das hatte sicher etwas zu bedeuten. Wahrscheinlich wollte sie etwas loswerden, dachte Hemma. Und deshalb bat sie einen der Kiebitze, ihren Platz einzunehmen.

An einem kleinen freien Ecktisch nahm sie wieder Platz und winkte Jasmin zu sich herüber. Jasmin lief etwas rot an, zögerte kurz, stand dann aber auf und setzte sich zu ihr.

»Hallo, Fräulein Hemma, was gibt es denn?«

»Ich weiß es nicht, Jasmin. Kannst du mir etwas sagen?«

»Ich? Was soll ich Ihnen denn sagen?«

»Irgendetwas bedrückt dich. Erzähl es mir doch einfach.«

Noch zögerte Jasmin ein wenig, man merkte, dass sie ein bisschen Angst hatte, zu reden. Doch als Hemma ihre Hand ergriff, fühlte sie sich geschützt. Und langsam, wohlüberlegt hob sie an: »Wissen Sie, Fräulein Hemma, ich habe ja heute mitgekriegt, dass Sie wegen der Frau Kleist beim Notar waren. Was ist denn eigentlich mit ihr?«

»Wir wissen es noch nicht genau. Jedenfalls kommt morgen eine Vermisstenmeldung heraus. Sie wollte nach Togo fliegen, ist aber dort nicht angekommen. Und ihr Handy ist auch irgendwo hier in der Gegend. Aber du musst mir versprechen, dass du das für dich behältst. Kann ich mich auf dich verlassen?«

Dadurch, dass Hemma sie eingeweiht hatte, begann nun auch Jasmin Vertrauen zu schöpfen.

»Sie dürfen aber auch nicht weitererzählen, was ich Ihnen jetzt sage. Auch versprochen?«

»Versprochen.«

»Also, die Frau Kleist war tatsächlich noch bei uns, circa eine Woche vor ihrer Abreise. Sie erzählen das aber eh nicht dem Notar, dass ich Ihnen das gesagt habe?«

»Ehrenwort.«

»Also gut. Sie hatte ja schon vor einem halben Jahr ihr Testament gemacht. Und jetzt kam sie, weil sie es ändern wollte.«

»Was wollte sie ändern?«

»Fräulein Hemma, selbst wenn Sie mich erschlagen, das darf ich Ihnen einfach wirklich nicht sagen. Das würde mich Kopf und Kragen kosten. Angezeigt könnte ich auch noch werden.«

»Aber du weißt, was drinnen steht?«

»Sicher, ich habe es ja dann getippt. Aber was anderes, und da würde ich Sie gern um Ihren Rat fragen. Als der Notar das Testament Kontrolle gelesen hatte, hat er es in ein Kuvert gesteckt und mir gesagt, ich soll es adressieren und ›persönlich, vertraulich‹ draufschreiben. Aber dann hat er gemeint, dass ich ja eh in der Gegend wohne, und vielleicht wäre es gescheiter, wenn ich es persönlich abgebe. Allerdings, und das hat er mehrmals wiederholt, dürfe ich es nur der Frau Marie Kleist persönlich aushändigen. Niemandem sonst.«

»Und was ist dann passiert?«

»Also, ich bin zur Villa gefahren und hab dort geklingelt. Geöffnet hat mir allerdings der Herr Kleist. Ich hab ihm gesagt, dass ich einen Brief vom Notar Lehner für seine Frau hätte, und er hat gesagt, dass ich ihm den Brief geben soll. Darauf hab ich gesagt, dass ich den Brief nur seiner Frau persönlich geben darf. Und er hat wieder gesagt, dass ich ihm den Brief aushändigen soll. Und ich habe noch einmal Nein gesagt. Und dann ist er laut geworden und hat gemeint, dass ich ein Lausmensch sei und dass ich mich gefälligst nicht aufpudeln soll. Und wenn er sagt, dass er seiner Frau den Brief geben würde, sobald sie zurück sei, dann wäre das eine Unverschämtheit von mir, das in Frage zu stellen.«

»Und, hast du ihm den Brief dann gegeben?«

»Er war schon ziemlich verärgert. Dann hat er gesagt, dass ich hereinkommen soll. Und dann sind wir in das Büro seiner Frau gegangen. Und dann hat er gesagt, ich soll seiner Frau den Brief auf den Schreibtisch legen und dann soll ich verschwinden.«

»Und, hast du das gemacht?«

»Mir ist ja nichts anderes mehr übrig geblieben. Ich habe nur Angst, dass das der Notar erfährt, dem hab ich nämlich gesagt, dass ich den Brief eh persönlich abgegeben habe. Allerdings hätte sich dann die Frau Kleist bestimmt am nächsten Tag beim Notar gerührt. Das hat sie aber nicht. Und am übernächsten Tag auch nicht. Sie hat sich bis jetzt noch überhaupt nicht gerührt. Gut, hab ich mir gedacht, vielleicht ist sie schon im Reisestress. Aber wenn sie zurückkommt, dann wird sie sich bestimmt melden. Und dann kommt heraus, dass ich den Brief ihrem Mann gegeben habe. Und dann fliege ich sicher raus. Jetzt weiß ich nicht, was ich machen soll.«

»Jasmin, ich glaube, da musst du keine Angst haben. Die

Frau Kleist wird nicht zurückkommen, und der Notar wird somit nichts erfahren.«

»Glauben Sie? Da bin ich aber jetzt erleichtert. Ich meine … nicht dass Sie jetzt denken, dass ich mir wünsche, dass der Frau Kleist etwas passiert ist. Um Gottes willen!«

»Nein, nein, Jasmin, das weiß ich schon. Aber um deinen Job musst du jetzt wirklich nicht fürchten.«

Nach dem Gespräch hatte Hemma keine Lust mehr, in eine Kartenpartie einzusteigen. Sie blieb allein an dem kleinen Ecktisch sitzen und bestellte sich noch ein Viertel Veltliner. Die anderen Kartenspieler winkten ihr zu, dass sie doch wieder zurückkommen solle. Aber sie wollte nicht mehr. Sie genoss es, dazusitzen und über das nachzudenken, was sie soeben von Jasmin erfahren hatte.

Auch diese Information passte in das Puzzle, das sich Hemma in der Zwischenzeit in ihrem Kopf zurechtgezimmert hatte. Zu schade, dass sie nicht erfahren hatte, was jetzt konkret im Testament stand. Obwohl, worum es bei der Änderung ging, war ihr eh sonnenklar. Es ging nur noch um den Betrag.

Auch wenn Hemma sich an diesem Abend noch sehr nüchtern fühlte, so schob sie trotzdem ihr Fahrrad auf dem Heimweg. Sicher ist sicher, dachte sie, so kurz vor dem Ziel.

FÜNFZEHN

Hubert hatte sich seinen Dienst so eingeteilt, dass er am Wochenende in der Regel freihatte. Immerhin war er der Kommandant, irgendetwas musste man ja davon haben. Alle anderen Kommandanten vor ihm hatten es übrigens genauso gemacht.

Für Hemma zählte dies nicht. Obwohl Samstag war, rief sie ihn gleich wieder am Vormittag an, immerhin hatte sie ein paar neue Informationen. Außerdem riet sie ihm, seine Uniform anzuziehen, denn es galt, zwei Personen einen offiziellen Besuch abzustatten.

»Und du meinst nicht, dass das bis Montag warten könnte, Hemma?«

»Hubert, ein Mordfall kennt kein Wochenende. Besser gleich als in einer Stunde.«

Was Hubert gerade noch heraushandeln konnte, war ein freier Vormittag. Er ließ sich spontan ein paar Arbeiten einfallen, die er noch dringend erledigen musste. Dafür bestand Hemma darauf, dass Hubert sie gleich nach dem Mittagessen abholte.

So konnte auch Hemma den Vormittag noch für sich nutzen, zum Einkaufen. Und weil Allerheiligen nun wirklich unmittelbar vor der Tür stand, ging sie gleich noch in die Gärtnerei, um den Blumenschmuck für den Altar zu bestellen. Außerdem rief sie den Musik-Kapellmeister an, um das gemeinsame Repertoire für Musikanten und Kirchenchor bei den Friedhofsfeierlichkeiten abzustimmen. »Ich hatt' einen Kameraden« war als Starter ohnehin fix. Und als Gotteslob einigte man sich noch auf »Ein Haus voll Glorie schauet«.

Gleich nach dem Mittagessen ging Hubert vom Dorfheurigen nach Hause, um seine Uniform anzulegen, dann fuhr er hinüber zum Pfarrhof. Noch bevor er die Klingel drückte, öffnete sich die Haustür, Hemma hatte offensichtlich schon dahinter gewartet.

»Fahren wir als Erstes zum Kleist«, schlug sie vor.

Da nicht anzunehmen war, dass Gustav Kleist am Samstagnachmittag in seinem Büro saß, klingelten sie gleich bei der Villa an, dem privaten Wohnsitz der Kleists. Gustav Kleist meldete sich über eine Freisprechanlage, und als er hörte, wer ihn besuchen kam, bat er sie, einen Moment zu warten.

Er begrüßte die beiden höflich und schloss die Tür zu den Büros auf.

»Ich bin gerade dabei, ein wenig umzuräumen. Hab daher Chaos im Haus und in meinem Büro auch. Gehen wir doch ins Büro von meiner Frau.«

Zum ersten Mal betrat Hemma Marie Kleists Büro. Vieles, was sie hier sah, hatte sie sich auch in etwa so vorgestellt. Anderes übertraf ihre Phantasie. Von der Dimension her hätte wohl so manches Appartement in den Raum gepasst. Die Möbel waren allesamt antik, ein Stück wohl teurer als das andere. Die Wände waren dicht behangen. Einerseits mit zeitgenössischen Bildern – allerdings sah Hemma keines, das sie Lukas Seidl zugeordnet hätte –, und dann waren da noch jede Menge verglaster Bilderrahmen mit Hunderten, wenn nicht Tausenden Heuschrecken, Spinnen, Käfern, Insekten und was man sonst noch alles unter dem Begriff Ungeziefer einordnen würde. Jedes einzelne Vieh mit einer Stecknadel aufgespießt. Aber man sah, dass das Ganze Ordnung und System hatte und dahinter eine Riesenportion Leidenschaft steckte.

»Das sind nur die Gustostückerl, die meine Frau gesammelt hat. In den Regalen drüben in ihrem Archiv sind noch zehnmal so viele Exponate.«

»Sehr beeindruckend«, bemerkte Hemma.

»Herr Kleist, kommen wir zur Sache.« Und damit übernahm Hubert das Wort. »Ich musste Ihre Frau gestern offiziell als vermisst melden.«

»Was? Ist ihr denn nun wirklich was passiert?«

»Das wissen wir noch immer nicht ganz genau. Aber unsere Untersuchungen haben ergeben, dass Ihre Frau in München kein Flugzeug nach Togo bestiegen hat. Und wir wissen auch, dass das Handy Ihrer Frau sich immer noch hier in der Gegend befindet.«

Hemma beobachtete Gustav Kleist ganz genau. Natürlich war er jetzt entsetzt. Sie wollte aber sehen, ob dieses Entsetzen ehrlich oder nur vorgespielt war.

»Das ist ja schrecklich. Aber ich habe doch mehrere SMS von ihr bekommen!«

»Irgendwer muss im Besitz des Handys sein. Und dieser jemand schreibt diese SMS, um vorzutäuschen, dass es Ihrer Frau gut geht und sie in Togo ist.«

»Aber wer macht denn so was?«

»Wir werden es bald wissen«, mischte sich Hemma jetzt ein, was Hubert wieder mit einem finsteren Blick quittierte.

»Herr Kleist«, setzte Hubert fort, »ich muss Sie das leider noch einmal fragen. Sie haben uns erzählt, dass Sie und Ihre Schwägerin zusammen mit Ihrer Frau zum Bahnhof gefahren sind. Und Sie haben gesagt, dass Sie Ihre Frau bis zum Bahnsteig begleitet haben. Stimmt das?«

»Ja, das habe ich gesagt. Und das stimmt auch. Die Fini kann Ihnen das genau so bestätigen. Apropos, ich muss sie gleich anrufen.«

»Warten Sie noch einen Augenblick, lassen Sie uns das erst zu Ende bringen. Warum ist Ihre Frau eigentlich nicht nach München geflogen? Wäre doch viel einfacher gewesen.«

»Das habe ich sie auch gefragt. Aber sie wollte es halt so. Ich habe es schon längst aufgegeben, ihre Entscheidungen zu hinterfragen. Dazu ist sie viel zu entschlossen.«

»Sie haben sie anschließend nicht mehr gesehen und nicht mehr mit ihr telefoniert?«

»Nein.«

»Herr Kleist«, Hemma konnte es wieder einmal nicht lassen, »wir haben Sie letztes Mal schon nach dem Maler Lukas Seidl gefragt. Halten Sie es für möglich, dass Ihre Frau mit ihm ein Verhältnis hat?«

»Also, Fräulein Hemma, das geht jetzt wirklich zu weit! Wie kommen Sie dazu, meine Frau mit so etwas zu besudeln? Und außerdem, in welcher Funktion sind Sie eigentlich hier, und warum reden Sie hier mit? Wenn, dann ist das ein Fall für die Polizei und nicht für die Kirche. Verzeihen Sie, aber was geht Sie das alles an?«

»Prinzipiell haben Sie ja recht«, schaltete sich Hubert wieder ein, wofür er sich einen stechenden Blick von Hemma einhandelte. »Aber der Verdacht ist von einer gewissen Person an Fräulein Hemma herangetragen worden. Sie ist somit so etwas wie die erste Quelle. Aber wenn es Ihnen lieber ist, dann wird das Fräulein Hemma sicher gern auch draußen warten.«

Der Satz hatte gerade noch gefehlt. Man sah deutlich, wie Hemma innerlich zu kochen begann.

»Nein, passt schon. Entschuldigen Sie, Fräulein Hemma, ich wollte nicht unhöflich werden. Aber was Ihre Frage angeht … ich will nicht, dass da Gerüchte aufkommen, verstehen Sie? Andererseits, ja, ich halte es für möglich.«

»Könnte es sogar sein, dass Sie es definitiv wissen?«, hakte Hemma nach.

»Wenn ich mich für mein Aufbrausen entschuldigt habe, dann heißt das nicht, dass Sie so weitermachen sollen.«

»Herr Kleist«, übernahm Hubert wieder, »die Frage ist aber tatsächlich wichtig.«

Gustav Kleist atmete ein paarmal tief durch, überlegte ein wenig, und schließlich meinte er: »Schauen Sie, unsere Ehe ist alt und etwas ausgeleiert. Ich bin ihr deswegen nicht wirklich böse. Kommt schließlich in den besten Familien vor. Sollte aber wirklich mit meiner Frau etwas passiert sein, dann möchte ich nicht, dass diese Angelegenheit in die Öffentlichkeit kommt. Können Sie mir das versprechen?«

»Dazu müssen wir erst herausfinden, was wirklich passiert ist. Noch eine Frage: Würden Sie dem Herrn Seidl zutrauen, dass er Ihrer Frau etwas angetan hat?«

»Keine Ahnung! Aber wenn die etwas miteinander haben, könnte es vielleicht so sein, dass meine Frau nur vorgegeben hat, dass sie nach Togo gefahren ist. In Wirklichkeit hat sie sich vielleicht für ein paar Wochen zu dem Maler zurückgezogen?«

»Auch das wäre möglich. Das wäre dann die harmlosere Variante, warum nicht?«

»Oder vielleicht hat sie jemand entführt?«

»Dann hätte man Lösegeldforderungen an Sie gerichtet, das glaube ich eher nicht. Bitte, Herr Kleist«, setzte Hubert fort, »unserer Erfahrung nach müssen Sie durchaus mit dem Schlimmsten rechnen.«

Hemma beobachtete wieder Kleists Reaktion. Sie konnte aber wiederum nicht genau erkennen, ob er nicht einfach nur seine Rolle gut spielte.

Als Hemma und Hubert wieder im Auto saßen, war ihnen nicht wirklich zum Reden zumute. Es war nicht einfach, jemandem mitzuteilen, dass seiner Frau etwas zugestoßen sein könnte. Es strengte sie auch an, immer noch um den heißen Brei herumreden zu müssen, doch schließlich baute der ganze Fall nach wie vor auf Indizien auf, niemand hatte Beweise. Niemand außer der alten Leichen-Loisi hatte eine Leiche gesehen. Niemand wusste, ob es tatsächlich ein Verbrechen gab, es sah nur ganz deutlich danach aus.

»Und jetzt?«, fragte Hubert.

»Jetzt fahren wir hinüber zum Herrn Kunstmaler. Und unsere Fragen sollten kein bisschen abstrakt, sondern ziemlich konkret werden.«

Hubert war es schon leid, Hemma zu belehren, dass er die Gespräche bei den Ermittlungen führte. Erst recht, wenn er in Uniform unterwegs war. Schließlich wusste er ja, dass bei ihr diesbezüglich sowieso Hopfen und Malz verloren war. Hemma betrachtete den ganzen Fall als ihren persönlichen und leitete daraus entsprechende Privilegien für sich ab. Und irgendwie hatte sie ja auch recht. Natürlich wusste auch Hubert, dass ohne Hemma überhaupt nichts in dieser Angelegenheit passiert wäre. Und letzten Endes war Hemma auch die, die sich am meisten mit dem Fall beschäftigt hatte und daher die Zusammenhänge am besten beurteilen konnte. Trotzdem musste er, als sie in Kühstein aus dem Wagen stiegen, noch einmal darauf hinweisen, dass er nun wieder das Zepter in die Hand nehmen würde.

Das bunt bemalte Eingangstor war wieder nicht verschlossen, darum gingen die beiden einfach durch den Hof bis vor zum Atelierfenster, wo sie an die Scheibe klopften. Und schon nach wenigen Augenblicken zeigte sich der Künstler und öffnete die große Schiebetür.

»Ah, das Sammlerpärchen, nur herein. Dieses Mal in Uniform? Sie haben mir gar nicht gesagt, dass Sie Polizist sind. Verdient man da so gut, dass man sich meine Bilder leisten kann?«

»Man kauft Ihre Bilder ja nicht jeden Tag«, war Hemmas Einwand. Sie hatte das Gefühl, dass das Gespräch ähnlich begann, wie das letzte aufgehört hatte: polemisch, hinterhältig und bei Weitem nicht so intelligent, wie der Malermeister zu sein glaubte.

»Ich bin im Dienst und auch dienstlich hier«, verteidigte sich Hubert.

»Und die Dame? Sind Sie etwa auch bei der Polizei?«

»Die Dame hat uns Informationen zukommen lassen, die ich gern überprüfen möchte. Deshalb sind wir hier.«

Leute wie Lukas Seidl haben es prinzipiell nicht so mit der Polizei. Und weil er obendrein längst wusste, dass hier weit und breit kein Geschäft in Aussicht war, verzichtete er auch darauf, eine Tasse Tee zu servieren. Hemma und Hubert eine

Sitzgelegenheit anzubieten, war das Äußerste, wozu er sich hinreißen ließ.

»Schießen Sie los!«

»Wir haben Sie letztes Mal schon gefragt, ob Sie die Marie Kleist kennen.«

Jetzt kam der Maler schon ein wenig ins Zittern. Denn beim letzten Mal war die Marie Kleist nur als gemeinsame Bekannte erwähnt worden. Aber jetzt war die Polizei hier und fragte nach ihr. Das ist schon etwas anderes. Hemma konnte genau beobachten, wie der sonst eher überhebliche Gesichtsausdruck Seidls sich ziemlich rasch in einen deutlich misstrauischen verwandelte.

»Ja, ich kenne die Frau Kleist. Hab Ihnen eh gesagt, dass Frau Kleist Bilder von mir kauft.«

»Wir denken, dass Ihr Verhältnis zu Frau Kleist ein intensiveres war als nur das von einem Künstler zu einer Sammlerin. Herr Seidl, wir wissen, dass Sie eine Beziehung mit ihr hatten.«

»Was heißt hier Beziehung? Wie definiert man eine Beziehung überhaupt? Es gibt Geschäftsbeziehungen, verwandtschaftliche Beziehungen, Liebesbeziehungen …«

»Hören Sie auf, abzuschweifen«, mischte Hemma sich ein. »Wie deutlich wollen Sie es denn hören? Sie haben sich regelmäßig mit ihr getroffen und hatten auch Sex mit ihr. Würden Sie das nicht als Beziehung bezeichnen?«

»Hallo, stopp! Das müssen Sie mir erst einmal beweisen.«

»Uns reicht es, dass wir erst einmal davon ausgehen.«

»Okay!« Hubert merkte, dass er wieder eingreifen musste, bevor das Ganze zu emotional wurde. »Nennen wir es meinetwegen ›Freundschaft plus‹. Wann haben Sie Frau Kleist das letzte Mal gesehen?«

»Das kann ich jetzt nicht so genau sagen. Sie ist ja zurzeit verreist … Ein paar Tage vor ihrer Abreise. Ich führe da keinen Kalender.«

Hemma verlor offenbar bei Seidl, von dem sie sich ständig provoziert fühlte, sehr rasch die Kontrolle.

»Wenn Sie uns bei den Basisinformationen schon anlügen, wie sollen wir Ihnen dann irgendetwas glauben?«

»Verzeihung, aber ich habe mich auch ein wenig über Sie erkundigt. Sie sind die Pfarrersköchin von Niederfeld, stimmt's? Was geht Sie das alles überhaupt an?«

»Bitte beruhigen Sie sich. Und du auch, Hemma.« Hubert zog das Gespräch wieder an sich. »Wir wissen, dass Frau Kleist am Wiener Hauptbahnhof bereits am Bahnsteig war, um in den Zug nach München zu steigen. Was sie dann allerdings nicht getan hat. Als ihr Mann und ihre Schwester weg waren, hat sie ein Taxi genommen und ist hierher zu Ihnen gefahren. Wir haben die Auskunft des Taxifahrers, daran gibt es keinen Zweifel.«

»Gut, sie war am Abend vor der Abreise noch einmal hier. Wir konnten uns ja immer nur für ein, zwei Stunden treffen, ihr Mann sollte nichts erfahren. Es war Maries Idee, wieder zurückzukommen. So konnten wir eine ganze Nacht miteinander verbringen, ohne dass irgendwer Verdacht geschöpft hätte.«

»Und wie ging es weiter?«

»Ich habe Marie am Morgen wieder zum Bahnhof gebracht. Von dort ist sie gleich zum Münchner Flughafen gefahren und abgeflogen.«

»Hatten Sie in der Zwischenzeit wieder einmal Kontakt mit ihr?«

»Nur per SMS.«

»Dürften wir die SMS sehen?«

»Das geht nicht, so was lösche ich sofort wieder.«

»Herr Seidl, Frau Kleist hat niemals eine Maschine nach Togo bestiegen. Wir wissen auch, dass ihr Handy nie das Land verlassen hat.«

Wieder beobachtete Hemma Seidls Reaktion, und sie sah deutlich, wie sich Schweißperlen auf seiner Stirn bildeten.

»Ich verstehe das nicht«, murmelte er.

»Außerdem gibt es den Verdacht, dass Frau Kleist Opfer eines Gewaltverbrechens wurde. Und da sie nach Ihnen niemand mehr gesehen hat, können Sie sich vorstellen, was wir daraus schließen.«

»Wie bitte? Das ist doch absurd. Ich habe die Marie geliebt!«

»Na geh, so was«, erwiderte Hemma zynisch. »Das glaubt Ihnen doch sowieso niemand. Das Problem ist vielmehr die Frage: Marie Kleist hat Sie doch finanziell gut unterstützt. Warum haben Sie sie dann umgebracht?«

»Das muss ich mir nicht bieten lassen. Verlassen Sie sofort mein Haus, Sie Pfarrersköchin. Ich muss mich Ihnen gegenüber überhaupt nicht verteidigen. Es geht Sie einen Scheißdreck an, mit wem ich gevögelt habe und wer meine Bilder kauft. Gehen Sie doch in Ihre Kirche, Ihre Heiligen schnäuzen, und lassen Sie mich in Frieden, Sie Pfarrersfotze!«

»Ich bin die Schwester des Pfarrers, nicht seine … Hubert, sag doch was!«

»Hemma, sei so gut und setz dich ins Auto. Ich komme in zwei Minuten nach.«

Da schnaubte Hemma noch zweimal wie ein Walross, verließ aber dann doch das Atelier. Beim Hinausgehen kriegte sie noch mit, dass Hubert nun auch das Wort Mordverdacht verwendete. Ja, gib's ihm, dachte sie, diesem arroganten, selbstverliebten Arsch.

Draußen lehnte sich Hemma gegen das Auto und versuchte, sich mit tiefen Atemzügen ein wenig zu beruhigen. Tief atmen, sagte sie sich. Tief ein und aus. So schaffte sie es, ihren Puls wieder halbwegs auf normales Tempo zu dimmen.

Doch gerade, als sie sich ins Auto setzen wollte, fuhr ein anderer Wagen vor. Ein Kleinwagen, aus dem eine junge, Hemma nicht unbekannte Frau stieg.

»Jasmin, was machst denn du hier?«

»Fräulein Hemma, was machen denn Sie hier?«

»Ich habe zuerst gefragt.«

»Grüß Gott, Fräulein Hemma. Ich wollte nur den Lukas besuchen. Waren Sie auch bei ihm?

»Ja, eben. Der Inspektor Güntschl ist noch drinnen. Was willst du denn von dem Seidl, kennst du ihn?«

»Ja, schon längere Zeit. Ich fahr immer zu seinen Vernissagen und hab mich auch ein wenig mit ihm angefreundet. Ich mag seine Bilder, Sie auch?«

»Jasmin, seine Bilder sind mir wurscht. Aber unter uns gesagt, der Seidl war der Letzte, der die Frau Kleist lebendig gesehen hat. Du solltest da ein bisserl vorsichtig sein.«

»Machen Sie sich da keine Sorgen. Der Lukas ist ein ganz ein Netter, der kann keiner Fliege was zuleide tun. Wissen Sie eigentlich etwas Neues von der Frau Kleist?«

»Ja, doch, einiges. Darf nur nicht drüber reden. Du kannst aber schon einmal dem Maler sagen, dass bald jemand hinter Gitter wandern wird.«

In diesem Moment kam Hubert durch das Hoftor heraus. Auch er war überrascht, die Jasmin hier zu sehen. Aber er ersparte es sich, nachzufragen, Hemma kannte bestimmt schon die Zusammenhänge.

Auf der Heimfahrt ließ man das Gespräch noch einmal Revue passieren.

»Du warst gut, Hubert, dieses Mal bist du mit deinen Fragen ziemlich genau auf den Punkt gekommen.«

»Danke. Aber dir ist ein wenig die Sicherung durchgebrannt. Versteh ich aber eh. Der Typ ist wirklich zum Kotzen. Obwohl er auf einige in der Damenwelt doch einen ziemlich guten Eindruck zu machen scheint.«

»Versteh ich überhaupt nicht. Jedenfalls ist für mich klar, dass er mit der Sache was zu tun hat. Ich bin mir ziemlich sicher, er hat sie umgebracht.«

»Ich könnte mir das auch gut vorstellen. Aber solange wir keine Leiche und kein Motiv haben, ist es echt schwer, etwas zu unternehmen. Ich hätte ihn jetzt gern verhaftet. Aber was hätte das Ganze für einen Sinn gehabt, wir hätten ihm nichts nachweisen können.«

»Und trotzdem, es fehlt uns nicht mehr viel. Ich werde heute früh schlafen gehen und noch ein wenig nachdenken. Morgen ist Sonntag, da gibt es wieder viel für mich zu tun. Spätestens um sechs Uhr muss ich aus den Federn.«

SECHZEHN

Sagenhaft, wie selbst die Hemma sich manchmal täuschen konnte. Mit Schlafen bis sechs Uhr wurde es nichts an diesem Sonntagmorgen, denn es war etwa drei Uhr in der Früh, als es an der Pfarrhoftür Sturm klingelte.

Es dauerte ein wenig, bis Hemma die Augen aufschlug. Und auch dann wusste sie nicht sofort, ob sie das Klingeln nur geträumt hatte oder ob es wirklich so war, dass ihr jetzt, um diese Zeit, jemand unbedingt den Schlaf rauben wollte. Doch bald stand fest, dass es kein Traum war.

Hemma schlüpfte in ihre Schlapfen und in den Morgenmantel. Sicher liegt wieder jemand im Sterben, dachte sie. Denn es war nichts Ungewöhnliches, dass Sterbende, oder besser gesagt deren Angehörige, nach dem Pfarrer riefen, wenn der Abschied von dieser Welt unmittelbar bevorstand. Letzte Ölungen waren immer noch Teil des Sterberituals. Selbst bei Personen, die nicht so sehr daran geglaubt hatten. Sicher ist sicher, sagte man sich da. Oder: Hilft es nicht, so schadet es auch nicht.

Hemmas Aufgabe war es in diesem Fall, ihren Bruder zu wecken, der dann leicht fluchend, aber doch pflichtbewusst zu dem Sterbenden fuhr, um ihn oder sie mit Öl und Gebeten auf dem letzten Weg zu begleiten.

Umso überraschter war Hemma, als sie sah, dass wieder die Leichen-Loisi vor der Tür stand. Und dazu war es so gekommen.

Loisi hatte der Hemma ja bereits erzählt, dass sie zurzeit von schlaflosen Nächten gepeinigt wurde. Und weil ihr das Herumwälzen im Bett einfach zu blöd war, zog sie meist so gegen zwei Uhr früh ihren Anorak über, band sich das Kopftuch um, schlüpfte in ihre Holzschlapfen und verließ das Haus. Meist ging sie ziellos in den Wald hinein, nur die

Lichtung, wo sich all das zugetragen hatte, was nun für ihren schlechten Schlaf verantwortlich war, die mied sie.

Andere in ihrer Situation hätten sich wahrscheinlich überhaupt nicht mehr in den Wald getraut. Aber die Loisi hatte ein robustes Nervenkostüm. Vor Leichen hatte sie sowieso keine Angst, sie wusste, die tun ihr bestimmt nichts. Und dass sie zwei Mal im selben Wald mitten in der Nacht einem Mörder begegnen würde, das hielt sie für unwahrscheinlich.

Bei ihren nächtlichen Waldspaziergängen ging es Loisi nicht um die frische Luft oder die freie Natur, sie wollte nichts beobachten oder entdecken, sie wollte nur einfach ein wenig die Zeit totschlagen. Und sie wollte sich vor allem ermüden, damit sie hinterher wieder einschlafen konnte. Darum ging sie auch schnellen Schrittes, das heißt, sie eilte durch den Wald und keuchte dabei wie ein kleines Dampfross. Manchmal jedoch wurde es ihr doch zu anstrengend, da setzte sie sich auf einen Stein und atmete so lange tief ein und aus, bis sie wieder zu Kräften gekommen war.

Wäre Loisi in dieser Nacht einfach planlos und unkonzentriert durch den Wald gerannt, wäre ihr wahrscheinlich gar nichts aufgefallen. Doch während sie rastend auf einem Stein hockte und beobachtete, wie sich in der kühlen Herbstnacht ihr dampfender Atem verflüchtigte, hörte sie plötzlich ein Geräusch. Loisi blickte auf, konnte aber nichts erkennen. Ihr erster Gedanke war, dass ein Fuchs oder ein Reh durch den Wald lief. Doch kurze Zeit später ertönte ein weiteres Geräusch aus derselben Richtung. Es hörte sich erneut so an, als ob jemand auf dem Boden liegende Zweige zertreten hätte. Loisi wurde nun neugierig, gleichzeitig war ihr etwas mulmig. Und in dem Moment hörte sie ganz deutlich eine menschliche Stimme.

»Scheiße. Verdammte Scheiße. So eine verdammte Riesenscheiße!«

Und dann war es ruhig.

Loisi war, als müsste sie auf der Stelle tot umfallen. Gleichzeitig überlegte sie, was sie nun tun sollte. Mit Wegrennen, das kannte sie schon, würde sie nur auf sich aufmerksam machen. So legte sie sich auf den Boden und kroch lautlos hinter ein Gestrüpp, wo sie so lange ausharren wollte, bis der Kerl wieder weg war.

Ein paar Geräusche hörte sie noch, bis es still wurde. Ganz still. Und das für eine endlos lange Zeit. Loisi lag währenddessen wie versteinert in ihrem Versteck und wartete. Darauf, dass sie den Schlag eines Krampens hörte, der die Erde auflockerte. Oder das Geräusch einer grabenden Spitzschaufel, am liebsten jedoch das eines wegfahrenden Autos. Aber nichts mehr war zu hören. Auch nach mehreren Minuten nicht.

Da fasste sich Loisi ein Herz und kroch aus ihrem Versteck hervor. Und langsam, wie auf Katzenpfoten, schlich sie vor zu der Stelle, an der sie die Geräusche vermutete.

Nichts. Nichts war zu sehen und nichts war mehr zu hören. Loisi wollte schon umdrehen und weggehen, bis sie plötzlich merkte, dass vielleicht hundert Meter vor ihr irgendetwas an einem Baum pendelte. Und bei näherer Betrachtung stand fest, da hing ein Mensch.

Andere hätten nun losgeplärrt, aber Loisi blieb ziemlich gefasst. Vor einem Toten musste sie sich weniger fürchten als vor einem Mörder.

Der Anblick einer Leiche war für sie derart Routine, dass sie, ohne zu zögern, auf den baumelnden Körper zuging. Es war ein Mann, den sie nun aus nächster Nähe betrachtete. Und weil sie wissen wollte, wie lange er hier schon hing, griff sie nach seiner Hand, um zu fühlen, wie kalt sie bereits war.

Aber die Hand war warm. Und in diesem Moment öffnete der Hängende noch einmal die Augen und drückte mit aller noch vorhandenen Kraft Loisis erstarrte Hand. Mindestens zehn Sekunden lang. Erst dann verließen ihn endgültig die Kräfte. Seine Augen fielen wieder zu, und Loisi konnte ihm endlich ihre Hand entreißen. Wäre in diesem Moment die Verdauung des Abendessens schon weiter fortgeschritten gewesen und hätte sie vor allem eine Hose angehabt, sie hätte sich jetzt voll in diese hineingeschissen.

Dass Loisi nicht gleich ohnmächtig zusammenbrach, grenzte eher an ein Wunder. Steif vor Schreck fühlte sie sich allemal. Doch gleich, nachdem sich der Schock etwas verflüchtigt hatte und sie ihre Beine wieder rühren konnte, setzte sie sich in Bewegung. Ohne Unterbrechung lief sie die gesamte Strecke nach Niederfeld bis vor die Pfarrhofstür.

»Was ist denn los, Loisi, was machst du denn da um die Zeit?«

»Du musst schnell kommen, Hemma. Da ist schon wieder eine Leiche im Wald.«

»Nein, Loisi, nicht schon wieder! Das kannst du mir nicht antun. Liegt sie wieder neben einer Grube?«

»Nein, dieses Mal hängt sie an einem Baum.«

Hemma lief noch einmal schnell nach oben, um sich was überzuziehen. Nach wenigen Augenblicken war sie zurück, sie und die Loisi stiegen in den Kadett und brausten ab wie die Feuerwehr.

»Ist es wieder dort, wo du die letzte Leiche gefunden hast?«

»Nein, ein gutes Stückerl weiter oben.«

»Sag, und was machst du dort um diese Zeit?«

»Weißt eh, dass ich zurzeit so schlecht schlafe. Ich habe dir ja gesagt, dass ich dann immer im Wald spazieren gehe. Jetzt werde ich wahrscheinlich überhaupt nicht mehr schlafen können. Hoffentlich«, fuhr die Loisi fort, »ist die Leiche dieses Mal noch da. Sonst haben wir wieder dasselbe Theater wie letztes Mal.«

»Erhängte hängen sich meistens selber auf. Ich kann mir kaum vorstellen, dass in der Zwischenzeit wer da war und die Leiche weggeschafft hat.«

»Aber vielleicht ist er selber davongerannt. Ich traue dem alles zu.« Und Loisi erzählte Hemma nun das Erlebte in allen Details, was Hemma innerlich zu dem Schluss brachte, dass die Leichen-Loisi nun tatsächlich zu spinnen anfing.

Loisi, die den Wald offensichtlich wie ihre Westentasche kannte, lotste Hemma direttissimo zu ihrem Fundort. Zumindest, so weit man fahren konnte. Doch bei den letzten zwei-, dreihundert Metern, welche zu Fuß zu bewältigen waren, wirkte sie plötzlich etwas planlos.

»Loisi, was ist los, wo ist denn jetzt die Leiche?«

»Da vorn irgendwo. Jetzt komm schon.«

»Bist du sicher?

»Sicher, komm jetzt endlich!«

Nun war es Hemma, die ein mulmiges Gefühl bekam. Dieses »Komm schon – komm endlich!« erinnerte sie plötzlich wieder an ihren Traum. Genauso hatte die Loisi in ihrem Traum geredet. Genauso war sie angezogen. Genauso hatte sie nach ihrer Hand gegriffen und sie durch den Wald gezerrt. Und dann noch die Schauergeschichte, dass der Erhängte noch einmal die Augen geöffnet hatte … Das war ihr alles nun zu viel.

»Nein, Loisi, Schluss. Ich gehe nicht mehr weiter. Da ist niemand. Ich bringe dich jetzt heim, und wir gehen schlafen. Ich gehe keinen Schritt mehr weiter.«

In diesem Moment drehte sich Loisi zu ihr um, ließ ihre Hand los und zeigte über ihren Kopf in ihre Richtung.

»Da, Hemma, hinter dir.«

Hemma wurde bleich. Sie wagte nicht, sich umzudrehen, aus Angst, jemand könnte mit aufgerichteter Spitzschaufel hinter ihr stehen.

»Da, dreh dich um!«

Langsam drehte Hemma den Kopf, um über ihre Schulter zu schauen. Immer mehr, bis sie endlich die hängende Leiche im Blickfeld hatte. Geschockt hielt sie sich die Hände vor den Mund.

»Um Gottes willen, der Seidl!«

Dann herrschte Stille, zumindest, solange die Loisi ebenfalls zu schweigen bereit war.

»Hab ich es dir nicht gesagt? Und du kennst den?«

»Ja, er heißt Lukas Seidl. Er war ein Kunstmaler, drüben in Kühstein hat er gewohnt. Ich muss gleich den Hubert anrufen.«

Klar, dass das Handy um diese Uhrzeit etwas länger klingelte, bis jemand dranging. Selbst bei einem Polizisten, der permanent damit rechnen musste, dass er gebraucht werden könnte. Hubert tastete nach seinem Smartphone, das neben ihm auf dem Nachtkästchen lag, las Hemmas Namen und sagte: »Hemma. Es ist halb vier. Übertreibst du jetzt nicht ein bisschen?«

»Hubert, komm schnell. Der Seidl hat sich erhängt.«

»Was?«

»Der Seidl hat sich aufgehängt. Und die Loisi hat ihn eben gefunden. Du musst gleich herkommen. Bei der Gabelung nach Kühstein werde ich auf dich warten.«

Hubert legte auf, ohne sich zu verabschieden, so wie man es aus amerikanischen Serien kennt. Da man nie wusste, was passieren würde, schlüpfte er in seine Uniform, nahm aber dann doch nicht das Dienstfahrzeug, sondern seinen privaten Pkw, weil dieser gleich vor seiner Haustür stand.

»Der Hubert wird in wenigen Minuten da sein. Ich fahre ihm entgegen. Willst du mitkommen?«

»Nein, nein, ich bleibe hier und passe auf. Am Ende kommt noch einer und verräumt die Leiche. Dann schauen wir blöd, wenn der Güntschl da ist und wir wieder keine Leiche haben.«

Wie verabredet wartete Hemma an der Wegkreuzung. Sie winkte Hubert nur kurz zu und deutete an, dass er ihr folgen sollte. Im Konvoi fuhren sie erst in Richtung Kühstein, dann bogen sie in einen Hohlweg, an dessen Ende sie anhielten und ausstiegen.

»Servus, Hubert. Komm mit, ein Stückerl müssen wir noch gehen. Die Loisi wartet vorn bei der Leiche.«

»Wie gibt es das, dass die schon wieder mitten in der Nacht durch den Wald streift und die nächste Leiche findet?«

»Frag mich nicht!«

Loisi war erleichtert, als die beiden kamen. Sie hatte die Leiche in der Zwischenzeit gut gehütet, und darum hing sie noch immer unversehrt am Baum.

»Tatsächlich, der Seidl. Wahnsinn.«

Hubert fühlte als Erstes den Puls, um sicherzugehen, dass der Mann auch wirklich tot war. Dann zog er dem Erhängten den Reißverschluss der Hose auf und griff hinein.

»Was machst du denn da?«, fragte Hemma erstaunt. Für sie sah das eher nach Leichenschändung aus.

»Wenn Männer sich selbst erhängen, geht ihnen meistens noch einer ab. Das ist dann ein Indiz dafür, dass es kein Fremdeinwirken gab. Es sieht ganz danach aus. Trotzdem muss ich jetzt noch den Arzt rufen.«

»Wonach sieht es aus?«

»Dass er sich selbst erhängt hat«, antwortete Hubert und zog sein Taschentuch heraus, um sich die Hand abzuwischen. Dann griff er nach seinem Handy, um den Gemeindearzt anzurufen. Doch bevor er die Nummer wählen konnte, meinte Hemma, wie üblich mit allem Nachdruck: »Komm, schneiden wir ihn endlich runter!«

»Das darf ich nicht, erst muss der Arzt kommen.«

»Aber wir können ihn doch nicht einfach so hängen lassen.«

»Hemma, das geht nicht!«

»Blödsinn, so haben wir das immer gemacht. Das ist doch entwürdigend, eine Leiche am Baum hängen zu lassen. Oder, Loisi, was meinst du?«

»Abschneiden!«, stammelte die völlig entgeisterte Loisi.

»Genau. Schneiden wir den armen Kerl ab. Und dann rufst du den Arzt.«

Wieder einmal resignierend öffnete Hubert sein Taschenmesser und bat Hemma, die Leiche festzuhalten, während er den Strick durchschnitt. Hemma umfasste die Leiche von hinten und spannte ihre Muskeln an, in der Erwartung, dass sie gleich Seidls Gewicht voll zu spüren bekommen würde. In diesem Moment merkte sie, dass die Erde unter ihren Füssen leicht nachgab. Sofort ließ sie die Leiche wieder los und schrie: »Hubert, hast du eine Taschenlampe da? Leuchte einmal auf den Boden.«

»Was soll da sein?«, fragte er, während er den Lichtkegel seiner Lampe am Boden kreisen ließ. »Ich sehe nichts.«

»Aber schau doch, die Erde ist ja total aufgelockert. Da muss umgegraben worden sein.«

»Tatsächlich«, bestätigte Hubert, nachdem er mit seinem Absatz ein paarmal gegen den Boden getreten hatte.

»Wir müssen ihn trotzdem zuerst herunterschneiden.« Hemma ließ nicht locker.

Noch einmal hielt sie die Leiche fest, während Hubert mit einer Hand am Strick zog und diesen mit der anderen durchtrennte. Mit einem Ruck hatte Hemma achtzig Kilo Leiche in ihren Armen, während der Ast nach oben schnellte. Obwohl Hubert mit aller Kraft versuchte, das abgeschnittene Ende des Stricks festzuhalten, konnten die beiden das Gewicht nicht mehr bändigen. Nach einem dumpfen Aufprall lag Seidls Leiche auf dem Boden. Hemma und Hubert sahen einander vorwurfsvoll an, obwohl sie beide unschuldig waren. Während Loisis Blick immer starrer wurde, fassten die beiden den Toten an Armen und Beinen, um ihn ein wenig zur Seite zu legen.

»Was jetzt, Hubert?«

»Jetzt bräuchten wir eine Schaufel. Aber wir haben keine. Wär ich doch mit dem Dienstwagen gekommen …«

»Hast du eine Schaufel zu Hause, Loisi?«

»Was hab ich?«

»Ob du eine Schaufel zu Hause hast?«

»Was? Nein. Die hat mir wer gestohlen.«

Hubert und Hemma sahen sich noch einmal an und wussten, was jetzt getan werden musste. Beide krempelten sie ihre Ärmel hoch und begannen mit bloßen Händen in der Erde zu graben. Aber damit erreichten sie nicht viel. So locker war die Erde dann auch wieder nicht.

»Es nützt nichts, wir brauchen hier ein Werkzeug. Ich schau einmal, was ich im Wagen habe.«

Während Hubert zu seinem Wagen ging, kümmerte sich Hemma wieder ein wenig um die Loisi. Sie merkte, dass der Puls der alten Frau nur mehr langsam schlug, ihre Körpertemperatur glich auch schon fast der einer Leiche.

Es vergingen keine drei Minuten, bis Hubert wieder zurückkam. Bewaffnet mit einem Eiskratzer, einem Pannendreieck und einem Kreuzschlüssel, den er ebenfalls im Wagen liegen hatte. Mal mit dem Kreuzschlüssel, mal mit dem Griff des Eiskratzers versuchte er nun, die Erde aufzulockern. Und Hemma setzte das Pannendreieck als Schaufel ein und buddelte, was das Zeug hielt. So schafften sie es, ein Loch mit circa einem halben Meter Durchmesser zu scharren. Und schon in etwa zwanzig Zentimeter Tiefe merkte Hubert, dass er auf etwas stieß, das sich deutlich anders anfühlte als Erde. Er legte seine Instrumente zur Seite und kratzte die Erde vorsichtig mit seinen Händen weg, bis zum Vorschein kam, was Gewissheit verschaffte. Ein menschlicher Fuß.

Nun war klar, dass hier tatsächlich ein Mensch vergraben war.

»Ich rufe jetzt den Hans an.«

»Sicher nicht. Erst graben wir noch das Gesicht aus.« Und sie schürften ein zweites Loch eineinhalb Meter oberhalb des Fußes.

Der Anblick der Leiche schockte sie. Die ersten Maden hatten sich schon durch Mund, Nase, Ohren und auch durch die Augen gefressen.

»Ist das grauslich«, sagte Hemma. »Arme Frau Kleist.«

»Oswald«, klang es etwas verschlafen durchs Telefon. »Wer stört um diese Zeit?«

»Hans, tut mir leid, dass ich dich wecken muss. Hier ist der Hubert Güntschl aus Niederfeld. Hans, wir haben hier zwei Leichen.«

»Die Frau, die ihr gesucht habt? Wie hieß sie noch? Kleist?«

»Ja, die Leiche von der Frau Kleist. Und wie es aussieht, auch gleich die von ihrem Mörder.«

Hubert konnte fast hören, wie es den Major Oswald aus dem Bett hob. Schlagartig war er hellwach.

»Ich bin in etwa einer Stunde bei euch. Wo finde ich dich genau?«

»Das wird schwer, du kennst dich ja hier nicht so gut aus. Treffen wir uns vor der Polizeistation.«

»Okay. Ich rufe inzwischen die Spurensicherung und die Gerichtsmedizin. Greift mir nichts an. Also bis gleich.«

Hemma wandte sich inzwischen wieder der Loisi zu, die bloß noch frierend, verängstigt und zusammengekauert auf einem gefällten Baumstamm hockte.

»Loisi, du Arme. Du bist ja ganz verdattert. Hubert, ich muss die Loisi heimbringen und ein wenig versorgen. Ich lass dich kurz allein.«

»Passt schon. Ich rufe inzwischen meine Kollegen, damit wer hier ist, wenn ich dann ins Dorf fahren muss. Wir können den ganzen Wahnsinn hier ja nicht unbeaufsichtigt lassen.«

Hemma nahm die Loisi beim Arm und führte sie langsam zum Auto. Jetzt merkte sie noch deutlicher, wie schlecht es der Loisi tatsächlich ging. Sie war zutiefst geschockt, brachte keinen Ton mehr hervor und zitterte am ganzen Leib.

»So kann ich dich ja gar nicht allein lassen. Wir müssen in die Stadt rüberfahren, ich bringe dich ins Krankenhaus.«

Loisi war weder dagegen noch einverstanden. Sie reagierte überhaupt nicht mehr.

Vor dem Krankenhaus stellte sich Hemma gleich auf einen der Notaufnahmeparkplätze. Vorsichtig begann sie, Loisi aus dem Wagen zu ziehen, aber sie merkte, dass die arme alte Frau überhaupt keine Kraft mehr hatte. Sie konnte nicht allein auf den Beinen stehen. Darum lief sie hinein zum Aufnahmeschalter, neben dem gleich die Rollstühle standen.

»Wer hat denn Dienst heute, zufällig der Dr. Brauner?«

»Ja, der ist heute hier.«

»Er soll so schnell wie möglich herkommen. Es eilt.«

Hemma schnappte sich einen der Rollstühle und eilte damit hinaus zu ihrem Auto. Es war gar nicht so leicht, Loisi in den Rollstuhl zu setzen, weil sie überhaupt keine Kraft mehr hatte. Sie war wie ein nasser Sack. Zum Glück war Dr. Brauner sofort losgeeilt, als er hörte, dass die Hemma nach ihm verlangte. Zu zweit gelang es ihnen, Loisi in den Rollstuhl zu hieven und sie anzuschnallen.

»Was ist passiert, Hemma?«, fragte der Arzt, während sie Loisi durch die Gänge schoben.

»Wir haben die Leiche von der Frau Kleist gefunden. Und die von ihrem Mörder gleich dazu. Die Loisi hat ihn im Wald hängen gesehen. Gleich an der Stelle, wo er die Leiche verscharrt hatte.«

»Um Gottes willen, die Frau Kleist. Die Arme. Und wer ist der Mörder?«

»Der Maler aus Kühstein. Seidl heißt er. Du, Kurt, ich muss gleich wieder los.«

»Passt schon, Hemma, ich werde mich um die Loisi kümmern.«

»Eine Frage noch: Wer wusste eigentlich von Marie Kleists Krankheit?«

»Kaum wer. Nur der engste Familienkreis.«

»Also der Ehemann und die Schwester?«

»Ja, zumindest hat die Frau Kleist mir das so erzählt.«

Als Hemma zum Fund- beziehungsweise Tatort zurückkam, war dort bereits die Hölle los. Mehrere Polizeiautos mit blinkendem Blaulicht, ein Dutzend Leute, einige in Polizeiuniform, andere in weißen Overalls, die den Ort exakt absuchten.

Hemma beobachtete, wie gerade zwei Stahlsärge in einen Kleintransporter geschoben wurden.

Etwas abseits vom Trubel sah sie Hubert mit Major Oswald stehen. Hemma ging auf die beiden zu. Dem Major war anzumerken, dass er ziemlich erregt war.

»Du warst nicht befugt, die Leiche vom Baum zu schneiden – hallo, Frau … Gruber –, das darf nur der Gerichtsmediziner. Bei einem Mordfall hast du nichts anderes zu tun, als mich zu rufen.«

»Aber wir wussten ja nicht, dass wir hier eine zweite Leiche finden würden. Für uns war das einfach nur ein Selbstmord. Und ich wollte eh den Gemeindearzt anrufen, als ich mich versichert habe, dass der Mann tot ist und dass es Selbstmord war.«

»Na geh! Und wie hast du den Selbstmord festgestellt? Mit einem Griff ins Hosentürl?«

Keine Antwort und ein schuldbewusster Blick waren auch eine Antwort.

»Echt, du hast ihm ins Hosentürl gegriffen? Ich wollte eigentlich nur scherzen.«

»Ich habe Hubert gesagt, dass er die Leiche runterschneiden soll«, klinkte sich Hemma nun ein. »Man kann den Mann doch nicht einfach hängen lassen …«

»Frau Gruber, Sie lernen es wohl nie.«

»Sie könnten uns ruhig ein wenig dankbar sein, Herr Major. Ohne uns wäre hier überhaupt nichts passiert. Haben wir jetzt endlich einen Fall?«

»Jetzt haben wir einen Fall. Und gleichzeitig ist er somit auch abgeschlossen. Ich gebe auch zu, dass Sie und der Gruppeninspektor im Großen und Ganzen eine gute Arbeit gemacht haben. Ohne Sie wäre dieser Mord nur schwer aufzudecken gewesen.«

»Was heißt hier ›aufzudecken und abgeschlossen‹? Jetzt fängt das Ganze doch erst an!«

»Aber Frau Gruber, wir haben einen Mord, wir haben eine Leiche, und wir haben einen Mörder. Der Seidl muss der Mörder sein, sonst hätte er ja nicht gewusst, wo die Leiche vergraben ist. Er hat sich ja nicht zufällig genau hier aufgehängt.«

»Das ist mir schon klar. Aber wo ist das Motiv?«

»Verzeihung, wozu brauch ich jetzt ein Motiv? Wir suchen nach einem Motiv, um einem unbekannten Mörder auf die Schliche zu kommen. Aber wenn ich den Mörder habe, und daran gibt es ja hier keinen Zweifel mehr, dann ist mir das Motiv relativ egal. Vielleicht war es Eifersucht, vielleicht ein Raubmord, vielleicht wollte sie ihn verlassen? Irgendeinen Grund wird er schon gehabt haben.«

»Eben nicht. Er hatte keinen ersichtlichen Grund. Die beiden sind eine wunderbare Symbiose eingegangen, die haben sich herrlich ergänzt. Sie hatte einen Liebhaber. Und er hatte keine finanziellen Sorgen mehr. Warum sollte er sie dann umbringen?«

»Ja, das klingt schon logisch. Aber unsere Aufgabe ist es, in einem Mordfall den Mörder zu finden. Und den haben wir. Ende.«

»Ich denke«, mischte sich der Hubert jetzt ein, »wir sollten nicht überhören, was die Hemma da sagt. Es ist allein ihrem Instinkt zu verdanken, dass wir in diesem Fall so weit gekommen sind. Was schlägst du denn vor, Hemma?«

»Es ist eine Tatsache, dass … oh Gott, dass es halb sieben ist. Ich muss rüber zur Sonntagsmesse, die können ohne mich unmöglich anfangen. Herr Major, sind Sie nachher noch da?«

»Eigentlich habe ich nichts mehr zu tun hier. Wenn ich jetzt losfahre, dann habe ich noch den ganzen Sonntag für mich.«

»Tun Sie mir einen Gefallen, warten Sie auf mich im Kommissariat. Ich komme gleich nach der Messe zu euch. Dann reden wir über alles. Glauben Sie mir, der Fall ist noch nicht zu Ende.«

Major Oswald war von der Idee nicht wirklich begeistert.

»Schau, Hans, wir könnten ja beim Dorfheurigen erst einmal ein wenig frühstücken. Gib doch der Hemma noch eine Chance.«

»Okay«, meinte der Major. »Erst müssen wir aber noch den Ehemann verständigen. Eine Scheiß-Aufgabe. Und dann machen wir es in Gottes Namen halt so.«

Kaum hatte Hemma das Einverständnis des Majors, rannte sie los zu ihrem Auto und raste damit bis vor die Pfarrhoftür.

Von dort musste sie sich erst einmal durch die Menschenmenge bis zur Kirche hinüberdrängen. Oder sagen wir besser: Männermenge. Denn es war Brauch, dass die Frauen so schnell wie möglich in die Kirche strömten, um gute Plätze zu besetzen, wenn sie nicht ohnehin einen reserviert hatten. Die Männer hingegen versammelten sich auf dem Kirchplatz und nutzten die Gelegenheit, sich Neuigkeiten zu erzählen.

»Weißt du eigentlich, wie die in Togo die Leguanschwänze grillen?«

»Na sicher, das weiß eh jeder. Aber weißt du, warum die dort keine Buschbrände haben? Nein? Also, das liegt daran, dass die dort ziemlich intelligente Gorillas haben, und die …«

»Ehrlich?«

»Ehrlich!«

Hemma begann in Windeseile die Utensilien für die Heilige Messe vorzubereiten, die Gewänder herzurichten und die Kirche entsprechend zu erleuchten. Mit Ach und Krach schaffte sie es, rechtzeitig um sieben an der Orgel zu sitzen und mit noch immer leicht zittrigen Händen in die Tasten zu greifen. »Oh Haupt voll Blut und Wunden«. Das passte jetzt genau.

Hemma bemühte sich, so konzentriert wie nur möglich

zu sein und sich keine groben Fehler zu erlauben, der Pepperl war ohnehin schon ziemlich unzufrieden mit ihr. Zwischen den Orgelstücken dachte sie aber permanent nach, wie sie den Major bewegen konnte, noch zu bleiben und den Fall wirklich abzuschließen. Obwohl sie selbst noch nicht hundertprozentig wusste, wer oder was da noch dahintersteckte.

Sobald der Pfarrer seinen Segen verteilt hatte und mit den Ministranten in Richtung Sakristei verschwand, ließ Hemma die Orgel ihren letzten Ton blasen. Gleich darauf klappte sie ihr Notenbuch zu und lief rasch aus der Kirche.

Der Polizeiposten war nur mit einem der jungen Polizisten besetzt, der andere war offensichtlich noch am Tatort. Hemma erfuhr, dass weder der Gruppeninspektor noch der Major zugegen waren. Also ging sie hinüber zum Dorfheurigen. Und dort saßen die beiden gemütlich bei einer Brettljause und einem Glas Traubensaft. Hemma setzte sich dazu, die Blicke der Männer waren auf sie gerichtet.

»Also Folgendes: Es sind ja immer wieder SMS von Frau Kleists Handy geschrieben worden. Also muss das Handy auch irgendwo sein. Habt ihr es bei Seidls Leiche gefunden?«

Die beiden Polizisten schauten sich fragend an und schüttelten den Kopf.

»Aber irgendwer muss die Nachrichten geschrieben haben«, fuhr Hemma fort. »Wir müssen jetzt herausfinden, ob der Seidl im Besitz dieses Handys war. Denn wenn nicht, dann gibt es wohl einen Mittäter, oder?«

»Okay«, sagte der Major, »wir machen einen Deal, Frau Gruber. Wir untersuchen jetzt den Hof vom Seidl. Wenn wir das Handy dort finden, dann ist der Fall endgültig abgeschlossen. Einverstanden?«

»Einverstanden. Und wenn nicht, dann nicht. Gut?«

SIEBZEHN

Selbst an diesem so ereignisreichen Sonntag verlangte der Pfarrer sein Frühstück. Und natürlich wollte er von Hemma im Detail hören, was sich in der vergangenen Nacht so alles zugetragen hatte. Darum wurde die Zeit für die Vorbereitung des Hochamts schon wieder knapp.

Während Hemma zum zweiten Mal an diesem Tag die Orgel spielte, dachte sie an die Hausdurchsuchung, die gerade stattfand. Und sie hätte jeden ihrer Körperteile einzeln verwettet, dass das Handy nicht in Seidls Haus gefunden wurde.

In den Orgelpausen schaute sie auf die Messbesucher hinunter, die sie von ihrer Orgelbank aus gut überblicken konnte. Ihr fiel auf, dass an diesem Tag übermäßig viel getuschelt wurde. Wahrscheinlich waren die Ersten bereits über die Leichenfunde informiert, und die Geschichte begann sich soeben wie ein Lauffeuer auszubreiten.

Plötzlich fiel ihr unter den vielen Besuchern die Jasmin auf, mit der sie nun unbedingt sprechen musste. Hemma wusste, dass sie während der Wandlung für mehrere Minuten nichts zu tun hatte. So nutzte sie diese Zeit, die Orgel kurz zu verlassen und vorzulaufen zu Jasmin. Sie zupfte das Mädchen am Ärmel. Und flüsterte, wie es sich während einer Messe gehörte: »Jasmin, hast du schon gehört …?«

Jasmin sah Hemma mit nassroten Augen an.

»Ja, Fräulein Hemma, ich kann es gar nicht fassen.«

»Du, ich muss unbedingt gleich mit dir reden. Warte nach der Messe beim hinteren Ausgang auf mich.«

Jasmin nickte. Und Hemma eilte wieder zurück zu ihrer Orgel, gerade rechtzeitig, um das »Großer Gott wir loben dich« anzustimmen.

Am Ende der Messe ließ Hemma alles stehen, liegen und

sogar die Altarkerzen brennen, um gleich zum Ausgang zu eilen, wo Jasmin schon auf sie wartete.

»Komm, setzen wir uns da drüben auf die Bank, du musst mir jetzt ein paar Fragen beantworten.«

Jasmins Augen wirkten noch immer verheult, und manchmal entfuhr ihr auch ein kleiner Schluchzer.

»Das nimmt dich wohl alles sehr mit?«

»Ja, schon. Die Frau Kleist habe ich ganz gut gekannt. Aber wissen Sie, mit dem Lukas …«

»Jasmin, es ist jetzt wichtig, dass du mir alles erzählst, du darfst nichts mehr verschweigen.«

»Na gut, wissen Sie, ich hatte einmal etwas mit dem Lukas. Und wir waren sehr glücklich miteinander. Bis dann diese Frau aufgetaucht ist.«

»Die Frau Kleist?«

Jasmin nahm sich zu Herzen, was Hemma ihr eben gesagt hatte, und sprach frei von der Leber, ohne etwas wegzulassen oder zu beschönigen. Hemma erfuhr so einiges.

»Und jetzt sag mir noch, was in dem geänderten Testament steht.«

Auch hier war Jasmin nun auskunftsbereit, es gab nichts mehr zu verbergen.

»Eines noch: Warum bist du gestern beim Seidl aufgetaucht? Was hast du da gemacht?«

»Na ja, wir hatten uns ja längere Zeit nicht mehr gesehen, es war aus zwischen uns. Das heißt, er wollte eh noch weitermachen. Aber ich habe gesagt, dass ich nur bleibe, wenn ich die Einzige bin. Das wollte er aber nicht. Gut, jedenfalls hat er mich angerufen und mir gesagt, dass er mich sprechen möchte. Als ihr dann weg wart, hat er mir erzählt, dass Sie nach der Marie Kleist suchen. Und dass Sie eine Spinnerin sind, weil er eh mit der Frau Kleist in Kontakt und alles mit ihr in Ordnung sei. Dann hat er mir aber noch gesagt, dass es aus ist mit ihr und dass er sie nicht mehr treffen wird. Das hat mir natürlich sehr getaugt. Und dann haben wir ein paar

Gläser Wein getrunken, und etwas später sind wir halt wieder im Bett gelandet.«

»Verstehe. Und dann?«

»Na ja, jetzt waren wir wieder ein Paar. Und in meiner Glückseligkeit habe ich ihm ein Geheimnis anvertraut. Das hätte ich natürlich nie tun dürfen. Ich habe ihm gesagt, dass die Frau Kleist ihr Testament ändern und ihm fünfhunderttausend Euro hinterlassen will. Dass sie es aber erst unterschreiben kann, wenn sie aus Togo zurück ist. Da ist ihm das Glas runtergefallen, und er ist unheimlich ausgezuckt. Geschrien und getobt hat er. Und ich hab mir erst gedacht, ich versteh das. Denn wenn er jetzt Schluss gemacht hat, dann wird sie das neue Testament sicher nicht unterschreiben. Ich habe dann gesagt, dass er ja zum Schein mit ihr zusammenbleiben könnte. Was natürlich eine Mordsschweinerei wäre, aber ich wollte ihn ja nur beruhigen. Aber auf einmal hat er mit Gläsern nach mir geschmissen. Und dann bin ich weggerannt. Beim Rauslaufen habe ich ihm aber noch gesagt, was Sie mir gesagt haben. Nämlich dass Sie an Mord glauben und bald einer hinter Gitter landen wird. Dann ist er noch mehr ausgezuckt. Ich hatte eine Todesangst und bin so schnell wie möglich abgehauen.«

Da Jasmin nun wieder zu weinen begann, umarmte Hemma sie und drückte sie fest an sich.

»Danke, Jasmin, du hast mir sehr geholfen.«

Hemma stand auf und überlegte kurz, was jetzt zu tun war. Dann ging sie zu dem Haus vis-à-vis der Kirche, der hiesigen Bankfiliale, in der auch gleich der Leiter im oberen Stock wohnte. Da die Bank am Sonntag natürlich geschlossen war, drückte Hemma den Klingelknopf, an dem »Auberger – privat« stand.

»Ja bitte?«

»Da ist die Hemma. Hermann, entschuldige die Störung. Vielleicht seid ihr schon beim Essen. Aber es ist ganz dringend. Kannst du bitte herunterkommen? Und bring den Schlüssel für dein Büro mit.«

»Warte ein bisserl.«

Schon nach wenigen Minuten tauchte der Filialleiter auf. Er war etwas überrascht, dass jemand am Sonntagvormittag nach ihm verlangte.

»Grüß dich, Hermann. Danke. Können wir kurz in dein Büro gehen?«

»Hemma, es ist Sonntagvormittag.«

»Ja, aber es ist dringend. Du musst heute leider eine Ausnahme machen.«

So bat er Hemma herein, und durch einen Seiteneingang betraten sie den Schalterraum der Bank und schließlich das Büro.

»Hast du schon gehört, Hermann, was heute passiert ist?«

»Nein, ich war noch nicht draußen. Und weißt eh, mit der Messe habe ich es nicht so …«

»Schon gut. Wir haben die Leiche von der Marie Kleist gefunden. Und gleich auch noch die von ihrem Mörder. Lukas Seidl, der Kunstmaler aus Kühstein drüben.«

»Oh Gott, das ist ja alles schrecklich!«

»Ja, ziemlich. Du, ich brauche dringend ein paar Informationen über Kontobewegungen. Schalt einmal deinen Computer ein.«

»Du weißt, Hemma, dass ich dir über so etwas keine Auskunft geben darf. Wir haben das Bankgeheimnis.«

In diesem Moment riss Hemma der Geduldsfaden. Der arme Filialleiter, einer der nettesten Menschen im ganzen Dorf, kam wie die Jungfrau zum Kind zu einem ziemlichen Anschiss.

»Weißt du was? Ihr könnt mich alle miteinander mit euren Geheimnissen. Hier ist ein Mord passiert, und alle haben immer nur Geheimnisse!«, schrie Hemma. »Der Arzt, der Notar, sogar der Detektiv, alle haben sie immer nur ihre depperten Geheimnisse. Verdammter Mist! Jetzt schalte sofort die blöde Kiste ein, ich brauche ein paar Informationen.«

Hermann Auberger war völlig von den Socken. So kannte

er Hemma gar nicht, und so hatte auch noch nie jemand mit ihm gesprochen. Ohne weitere Widerrede fuhr er den Computer hoch. Aber Hemma merkte selbst, dass ihre Emotionen mit ihr durchgegangen waren. Und nach ein paar Sekunden Durchatmen schlug sie einen viel ruhigeren Ton an und war sich auch für eine aufrichtige Entschuldigung nicht zu schade.

Trotzdem hatte der Anschiss seine Wirkung nicht verfehlt, Hemma erfuhr alles, was sie wissen wollte. Die Bausteine für die Lösung des Falles waren nun alle vorhanden. Jetzt mussten sie nur noch zusammengesetzt werden.

Nachdem sie sich bedankt und verabschiedet hatte, setzte sich Hemma wieder auf die Bank, auf der sie eben mit Jasmin gesessen hatte. Sie rekonstruierte noch einmal, was sie nun wusste, was sie seit Langem dachte und was sie von Anfang an gefühlt hatte. Sämtliche Puzzleteile fügten sich ineinander. Für Hemma war der Fall jetzt sonnenklar.

Und trotzdem war sie alles andere als glücklich, als sich die Zusammenhänge plötzlich bündelten. Diesen Ausgang hätte sie sich weder gewünscht noch für möglich gehalten. Unglaublich, wie man sich in manchen Menschen täuschen kann …

Im nächsten Moment klingelte Hemmas Handy, Hubert rief an. Sie hätten den ganzen Hof des Malers auf den Kopf gestellt, aber Handy hätten sie keines gefunden.

»Das hätte mich auch gewundert.« Hemma war wirklich kein bisschen überrascht. »Können wir uns gleich treffen?«

»Okay, wir warten auf dich auf dem Posten.«

Als Hemma den Polizeiposten betrat, tat sie dies mit gemischten Gefühlen. Enttäuscht, dass der Fall so enden musste, aber allmählich überwog doch der Stolz, dass sie deutlich mehr wusste als sämtliche Polizisten miteinander.

»Gut, dass Sie noch da sind, Herr Major. Dann wollen wir die Sache jetzt zu einem Abschluss bringen.«

»Dann sagen Sie doch bitte, was Sie wissen, Frau Gruber.«

»Sicher nicht. Ich habe den Fall entdeckt, ich habe ihn aufgerollt, und jetzt werde ich ihn auch abschließen. Was würde denn passieren, wenn ich euch jetzt alles erzähle?«

»Dann werden wir der Sache nachgehen, Frau Gruber. Sie haben ja inzwischen mein vollstes Vertrauen.«

»Und ich?«

»Für dich ist die Sache dann erledigt, Hemma«, meinte Hubert.

»Siehst du, und genau so machen wir es nicht. Wir fahren jetzt gemeinsam los. Und nimm noch deine Polizisten mit, wir werden jemanden festnehmen.«

»Und wohin fahren wir?«

»Na, ins Weingut. Wohin sonst?«

Auf dem Weg fragte Hemma den Hubert, ob er Herrn Kleist schon die Nachricht über den Tod seiner Frau überbracht hätte. Hubert bestätigte dies und meinte auch, dass Gustav Kleist relativ gefasst gewirkt hätte.

»Und jetzt ist seine Schwägerin bei ihm, damit sie sich ein wenig um ihn kümmert.«

»Sehr gut.«

Ob es der Fund der Leiche seiner Frau war oder die Tatsache, dass völlig unangekündigt die Polizei vor seiner Tür stand, jedenfalls war Gustav Kleist blass und völlig konsterniert. Trotzdem riss er sich am Riemen und bemühte sich, so gefasst wie nur möglich zu wirken. Er bat die versammelte Mannschaft einzutreten, Hemma, Hubert, den Major und die zwei Polizisten, also fünf an der Zahl.

»Was kann ich denn für Sie tun?«

»Herr Kleist, wir hätten noch ein paar Fragen.«

»Dann folgen Sie mir bitte, gehen wir ins Wohnzimmer.«

Dort saß bereits Kleists Schwägerin Fini Weber auf der Couch und schenkte sich eine Tasse Tee ein. Man sah ihren Augen an, dass sie ziemlich viel geweint haben musste, sie waren rot und trüb. Nach einer knappen Begrüßung wurde die Rundfrage gestellt, ob jemand Tee wolle. Dies wurde dankend abgelehnt, dann ergriff der Major das Wort.

»Frau Weber, Herr Kleist, vor zwei Wochen hat eine alte Frau, die …«

»Die Leichen-Loisi … Ameseder.«

»Danke, Frau Gruber, also hat die Frau Ameseder gesehen, wie jemand im Wald eine Leiche vergraben wollte. Seither sind die Frau Gruber und der Herr Gruppeninspektor Güntschl damit beschäftigt, Nachforschungen anzustellen. Heute wurde es, wie Sie wissen, zur Gewissheit. Es wurde die Leiche von Frau Kleist gefunden. Und auch gleich die Leiche ihres mutmaßlichen Mörders. Man könnte meinen, dass der Fall somit abgeschlossen wäre. Frau Gruber in erster Linie ist aber anderer Meinung. Und deshalb sind wir hier. Bitte, Frau Gruber.«

Hemma hatte lange auf diesen Augenblick gewartet, jetzt war es endlich so weit. Sie hatte sich sogar einen kleinen Vortrag zurechtgelegt, darum wusste sie auch gleich, wie sie beginnen wollte.

»Frau Weber, Sie haben einen fünfundzwanzigjährigen Sohn, den Clemens …«

»Ja. Hat das jetzt etwas damit zu tun?«

»Ich denke schon. Frau Weber, niemand weiß, wer der Vater Ihres Kindes ist.«

»Weil das ja auch niemanden etwas angeht.«

»Könnte es sein, dass Herr Kleist der Vater ist?«

»Aber Fräulein Hemma, das geht wirklich zu weit«, mischte sich Gustav Kleist jetzt ein. »Sie wollten uns wegen des Mordes an meiner Frau sprechen, der eigentlich eh aufgeklärt ist. Warum müssen Sie jetzt meine Schwägerin, die immerhin gerade ihre Schwester verloren hat, mit so einer alten Geschichte kompromittieren?«

»Tatsache ist doch«, fuhr Hemma nun fort, »dass Sie beide ein Liebespaar waren, bevor Sie, Herr Kleist, sich von Frau

Webers Schwester Marie einfangen ließen und diese dann geheiratet haben. Ich vermute einmal, dass Sie gar nicht gewusst haben, dass Frau Weber bereits schwanger war, als Sie die Beziehung beendeten. Frau Weber, Sie waren damals sehr wütend auf den Herrn Kleist, so sehr, dass Sie ihm sogar sein Kind vorenthalten haben, deshalb haben Sie auch keine Vaterschaft angegeben. Inzwischen haben sich aber offensichtlich die Wogen wieder geglättet, Sie scheinen nicht mehr sehr böse aufeinander zu sein.«

»Was wollen Sie überhaupt von mir?«, beschwerte sich Fini Weber.

»Sag, Hemma«, mischte sich nun der Hubert ein, »hat das wirklich etwas mit dem Mord zu tun?«

»Irgendwie schon. Denn die Geschichte hat sich vor Kurzem wiederholt. Frau Weber hatte eine, ich weiß nicht, wie ich mich ausdrücken soll … eine Affäre oder Beziehung. Mit dem Kunstmaler Lukas Seidl aus Kühstein.«

»Was fällt Ihnen ein, so etwas über mich zu behaupten?«

Alle sahen Hemma mit großen Augen an.

»Was? Du auch?«, fragte Gustav entsetzt.

»Es gibt Zeugen dafür, Frau Weber. Und wie das Schicksal so spielt, war es wieder Ihre Schwester Marie, die sich kurze Zeit später denselben Mann angelacht hat. Zum zweiten Mal hat Ihnen Ihre Schwester den Mann ausgespannt. Sie, Herr Kleist, wussten wahrscheinlich nichts von dem Verhältnis Ihrer Schwägerin, Sie wussten aber von der Affäre Ihrer Frau. Sie haben nämlich einen Detektiv beauftragt, der Ihre Frau beschatten sollte. Warum haben Sie das eigentlich gemacht? Doch nicht aus Eifersucht, oder?«

»Nein, aus Eifersucht bestimmt nicht. Mein Plan war ja in Wirklichkeit, dass die Fini und ich wieder zusammenkommen. Je früher, umso besser. Die Heirat mit Marie war immer schon ein Irrtum, Fini und ich hätten viel besser zusammengepasst. Aber wie konntest du, Fini, mit dem Maler was anfangen, wo wir doch bereits unsere Zukunftspläne geschmiedet haben?« Kleist war nun völlig verstört, bestimmt hätte er sonst nicht so offen geredet.

»Nicht wir, *du* hast Zukunftspläne geschmiedet und sie mir mitgeteilt. Glaubst du denn wirklich, ich hätte mich noch einmal in dich verlieben können, nach all dem, was du mir angetan hast? Vielleicht hätte ich dich sogar geheiratet, aber bestimmt nicht aus Liebe.«

»Aber vielleicht, um hier auch einmal die Nummer eins zu werden«, setzte Hemma fort. »Bisher standen Sie ja immer nur im Schatten Ihrer Schwester. Dann hätten Sie auch in aller Seelenruhe Ihren Sohn zum Nachfolger und Alleinerben aufbauen können. Das war doch Ihr Ziel?« Kleist musste sich hinsetzen, sonst hätte es ihn hingesetzt.

»Herr Kleist«, fuhr Hemma weiter, »warum haben Sie Ihre Frau eigentlich überwachen lassen, was war der Anlass?«

»Mir ist aufgefallen, dass die Marie plötzlich sehr viel Geld abgehoben hat, viel mehr als sonst. Da einmal fünftausend, dort einmal zehn … Ich wollte wissen, was sie damit macht, es war ja schließlich auch mein Geld, das sie plötzlich verschleuderte.«

»Verstehe. Noch etwas. Kurz bevor Ihre Frau abreisen wollte, hat die Mitarbeiterin von Notar Lehner einen Brief für Ihre Frau abgegeben. Sie haben diesen Brief entgegengenommen. Was haben Sie damit gemacht?«

»Ich habe ihn meiner Frau auf den Schreibtisch gelegt.«

»Und Sie, Frau Weber, haben diesen Brief dort liegen sehen und an sich genommen. Sie haben ihn geöffnet und gelesen, dass Ihre Schwester, die ja sehr krank war und nur noch eine kurze Lebenserwartung hatte, das Testament ändern lassen wollte. Sie wollte dem Maler Seidl fünfhunderttausend Euro vermachen.«

»Was? Das ist doch verrückt!«, rief Gustav Kleist in einem Ton, der sagte, dass er nun die Welt überhaupt nicht mehr verstand. »Das ist doch alles Blödsinn. So viel Geld wollte die Marie verschenken?«

Durch die versammelte Runde ging ein Raunen.

»Aber die Fini wusste doch nicht einmal, dass die Marie krank war«, versuchte Gustav Kleist weiter zu argumentieren. »Das hab ich ihr ja erst nach Maries Abreise erzählt.«

»Da ist der Dr. Brauner anderer Meinung, er sagt, dass auch Sie, Frau Weber, darüber informiert waren.«

»Warum hast du denn dann so überrascht getan, Fini?« Kleist war nun wirklich von den Socken. »Hast du mir das alles nur vorgespielt?«

»Und nicht nur das. Im Vorspielen scheint Frau Weber großes Talent zu besitzen«, ergänzte Hemma. »Schauen wir uns doch nur die verheulten Augen an.« Und dann holte sie zum nächsten Schlag aus, der voll ins Schwarze traf.

»Zwei Männer hat Ihnen Ihre Schwester weggenommen, Frau Weber. Und jetzt wollte sie auch noch eine Stange Geld verschleudern, das zum Teil Sie geerbt hätten. Und auf das Sie ganz Zugriff gehabt hätten, wenn Sie sich mit Herrn Kleist tatsächlich verehelicht hätten. Das war zu viel. Und da kam Ihnen eine Idee, ein teuflischer Plan, wie Sie Ihre Schwester bestrafen konnten, und zwar mit der Höchststrafe, mit dem Tode. Und Sie konnten sich zugleich an Ihrem Ex-Geliebten, dem Maler, rächen. Sie haben ihn zum Mord an Ihrer Schwester angestiftet. Damit hat er sich selbst um einen Haufen Geld gebracht, schließlich wusste er noch nichts von dem Testament. Und zum Mörder machte er sich auch noch. Das war wirklich raffiniert!«

Im Raum herrschte absolute Stille. Auch Fini Weber sagte nichts mehr, sie merkte, dass sich die Schlinge um ihren Hals zusammenzog.

»Sie haben wieder Kontakt mit Seidl aufgenommen«, redete Hemma weiter. »Und Sie haben ihm zweihunderttausend Euro angeboten, wenn er Ihre Schwester ermordet und verschwinden lässt. Seidl steckte ohnehin immer in Geldschwierigkeiten, mit dem Kauf des Hofs in Kühstein hatte er sich völlig übernommen. Mit so viel Geld war Seidl auf einen Schlag schuldenfrei. Also willigte er ein. Hunderttausend, gebucht als Kunstankauf, gab es als Anzahlung. Den Rest gab es gleich am Montag nach dem Mord. In bar. Nachdem er Ihnen das Handy der Toten übergeben hatte.«

»Das müssen Sie mir alles erst noch beweisen.«

»Die Geldüberweisung ist bereits bewiesen, das wird die Bank bestätigen. Und der Rest? Herr Kleist, darf ich fragen, wo Sie Ihre ganz persönlichen Sachen aufbewahren?«

»In der Schublade meines Schreibtisches. Den Schlüssel habe ich immer bei mir.«

»Und hat es Ihre Frau auch so gemacht?«

»Ja sicher, die auch.«

»Dann nehme ich an, dass Sie, Frau Weber, es auch so machen. Können wir bitte in die Büroräume hinübergehen, damit Sie für die Polizei Ihren Schreibtisch aufschließen?«

»Ich … habe überhaupt keinen Schlüssel dabei.«

»Ich denke doch, dass Sie den dabeihaben. Und falls nicht, dann bricht die Polizei die Lade auf, das dauert dann eine Minute länger.«

Ohne besondere Eile erkennen zu lassen, bewegten sich alle Anwesenden hinüber in den Bürotrakt, ins Zimmer der Frau Weber.

»Schließen Sie bitte auf, Frau Weber«, forderte Hubert in einem strengen Ton, schließlich war das jetzt eine Amtshandlung.

Fini Weber überlegte noch kurz, dann griff sie resignierend nach dem kleinen Schlüssel, der an ihrer Halskette hing, schloss die Lade auf und zog sie heraus.

Doch nun passierte, womit keiner gerechnet hatte. Fini Weber zog weder ein Handy noch einen Brief aus der Schublade, sondern einen Revolver, den sie blitzartig auf die Anwesenden richtete.

»Zurück, alle! Zurück, oder ich schieße.«

»Frau Weber, lassen Sie das«, rief der Major. »Sie machen alles doch nur noch viel schlimmer.«

»Zurück!«, schrie sie wieder. »Alle zurück!«

Sämtliche Anwesenden folgten nun ihrer Anweisung, alle entfernten sich einige Schritte von ihr. In diesem Moment beugte Fini ihren ausgestreckten Arm und richtete die Waffe gegen ihre eigene Schläfe.

»Mach's gut, Gustl. Und pass mir gut auf den Clemens auf. Schließlich bist du tatsächlich sein …«

Plötzlich fiel ihr Blick auf die Tür. Völlig unerwartet war Clemens aufgetaucht, der wohl mitbekommen hatte, dass die Polizei auf dem Anwesen war.

»Mama, was machst du da?«

»Tut mir leid, Clemens …«

»Mama, lass den Scheiß!«

Und Clemens ging schnurstracks auf seine Mutter zu, die offensichtlich so überrascht davon war, dass sie es nicht fertigbrachte, abzudrücken. Clemens nahm ihr den Revolver ab, umarmte seine Mutter und wurde dann leichenblass.

Da griff nun der Major ein, er stürzte auf Clemens zu und nahm ihm die Waffe aus der Hand. Die Polizisten wies er an, Frau Weber die Handschellen anzulegen.

»Kann mir jemand sagen, was da los ist?«, rief Clemens entsetzt.

»Warte draußen«, sagte Gustav, »ich komme gleich zu dir und werde dir alles erklären.«

Nachdem die Gefahr gebannt war und sich alle wieder beruhigt hatten, ging Hemma zur Schreibtischlade. Als Erstes griff sie nach einem Kuvert, aus dem sie drei Seiten gefaltetes Papier zog, das sie an den Major überreichte. Nach kurzer Durchsicht meinte er: »Ein nicht unterzeichnetes Testament. Es steht genau das drinnen, was Sie uns gesagt haben, Frau Gruber.«

Noch einmal griff Hemma in die Schublade und holte ein Smartphone heraus, das sie dem Hubert weitergab.

»Herr Kleist, ist das das Handy Ihrer Frau?«, fragte er. Kleist nickte total bestürzt.

»Ich denke«, ergriff Hemma nicht ohne Stolz und Zufriedenheit noch einmal das Wort, »somit wäre der Fall erledigt. Abführen!«, wandte sie sich an die beiden Polizisten.

»Verzeihung, Hemma«, griff Hubert nun korrigierend ein. »Das Wort ›abführen‹ steht hier nur dem Major zu.«

Dieser konnte sich trotz des Ernstes der Situation ein ungläubiges Kopfschütteln nicht verkneifen und sagte nur: »Frau Weber, kommen Sie bitte mit.«

ACHTZEHN

Es war früher Nachmittag, als sie allesamt wieder in der Polizeistation eintrafen. Der Major bat Hubert, einen ausführlichen Bericht zu schreiben, und dann wollte er sich eigentlich schon verabschieden. Aber Hubert konnte ihn noch zu einem gemeinsamen Mittagessen im Dorfheurigen überreden. Die Zeit dafür war gerade günstig, denn die Mägen waren leer. So setzten sich Hemma, Hubert und der Major an einen gemütlichen kleinen Ecktisch, wo sie ungestört waren und den sonderbaren Fall noch einmal rekonstruieren konnten.

Doch zuvor brachte die Rosl noch die Speisekarten. Zu trinken bestellte man eine Flasche Veltliner, schließlich hatte man ja auch was zu feiern. Zum Essen wählte Hemma den Krautstrudel, und Hubert bestellte einen Kümmelbraten.

»Ich glaube, ich nehme das gebackene Hirn«, entschied der Major.

»Ehrlich?«, fragte Hemma etwas misstrauisch. »Schmeckt so etwas nicht eher wie eine panierte Rotzglocke?«

Da verging dem Major Oswald der Appetit auf gebackenes Hirn, und er disponierte um auf ein Surschnitzel.

»Eigentlich«, meinte Hemma, »habe ich ja mehr den Gustav Kleist in Verdacht gehabt. Und die Fini Weber war für mich die Arme, die hinterher mit dem ganzen Schlamassel fertigwerden müsste. Es hat mich am Anfang sogar traurig gestimmt, als ich gemerkt habe, dass sie die Täterin ist. Aber dann ist mir ihre Kaltschnäuzigkeit erst richtig klar geworden. Hätt ich ihr echt nicht zugetraut.«

»Und jetzt«, bemerkte Hubert, »kann einem der Kleist richtig leidtun. Der Tod seiner Frau geht ihm sicher total unter die Haut, auch wenn die Ehe nicht optimal war. Aber die Fini, in die er ja seine ganze Hoffnung gesetzt hat, dass die jetzt auch weg ist … und dass sie ihm das alles überhaupt antun konnte, damit muss er erst einmal fertigwerden. Noch dazu jetzt, wo er ganz allein ist.«

»Armer Teufel. Zumindest hat er jetzt seinen Sohn. Sagen Sie einmal, Herr Major, was wäre eigentlich passiert, wenn die Leichen-Loisi damals in der Nacht nicht zufällig den Seidl überrascht hätte?«

In diesem Moment klingelte Hemmas Handy.

»Gruber. Ja, hallo, servus … Ja, das ist aber erfreulich. Sag ihr, dass ich sie morgen besuchen komme. Gut? Servus.«

Hemma schaltete ihr Handy wieder aus und erklärte: »Das war der Dr. Brauner. Der Leichen-Loisi geht es schon wieder besser. Ein zähes Luder …«

»Ja«, meinte Hubert, »die landet nicht so schnell auf dem Friedhof.«

»Sehr gut«, fand schließlich auch der Major. »Übrigens, um auf Ihre Frage zurückzukommen, Frau Th… äh … Gruber …«

»Jetzt sagen wir doch einfach Du«, schlug Hemma vor. »Wenn du dich schon mit meinem Namen so schwertust.«

»Gute Idee, ich bin der Hans.«

»Und ich bin die Hemma. Gruber, fürs Protokoll.«

Und weil gerade der Wein serviert wurde, konnte darauf auch gleich angestoßen werden.

»Also, ich denke«, redete der Major weiter, »der Plan hätte schon aufgehen können. Die Frau Kleist fährt offiziell nach Togo, niemand überprüft, ob sie dort angekommen ist. Und wenn sie nach drei Wochen nicht zurückkommt, dann gibt der Kleist eine Vermisstenmeldung auf. Wir setzen uns dann mit der Polizei in Togo in Verbindung. Und die haben wahrscheinlich genug anderes zu tun, als sich um eine vermisste österreichische Touristin zu kümmern.«

»Irgendwann«, schaltete sich der Hubert ein, »hätte man sie einfach für tot erklärt. Keiner wäre auf die Idee gekommen, dass da ein Verbrechen im Spiel war. Und schon gar nicht, dass das Verbrechen hier verübt wurde und es gar nicht zur Abreise kam. Niemand hätte den Seidl verdächtigt, niemand hätte sein Konto überprüft.«

»Und selbst wenn«, meinte schließlich Hemma, »hätte niemand dabei etwas Böses vermutet. Es haben schon öfters schlechte Maler um Unsummen schlechte Bilder verkauft.«

»Du hast echt eine super Arbeit gemacht, Hemma. Ich beneide dich wirklich um deinen Instinkt. So jemanden könnten wir bei der Mordkommission gut brauchen.«

»Das waren doch alles nur Eingebungen von oben«, antwortete sie. Und alle lachten, weil sie meinten, dies wäre nur ein Witz.

Beim Stichwort »Togo« fiel Hubert eine der interessanten Geschichten ein, die inzwischen jeder im Dorf kannte und die wahrscheinlich bereits auch die Nachbardörfer infiziert hatten.

»Hast du eigentlich schon gehört, Hans, wie die in Togo die Leguanschwänze grillen?«

»Was?« Da musste der Major lachen. »Leguanschwänze? Wer isst denn so was?«

»Na, in Togo isst man Leguanschwänze.«

»Also, Hubert, das glaub ich nicht. Warum sollten die das tun? Und meines Wissens gibt es in Togo überhaupt keine Leguane.«

Hemma und Hubert sahen sich völlig betreten an.

»Keine Leguane?«, fragte Hubert. »Das ist aber komisch. Aber Hemma, du hast doch …«

»Wieso ich? Was kann ich denn dafür, dass … Sag einmal, Hans, weißt du eigentlich, ob es in Togo Gorillas gibt?«

»Na, was habt ihr denn für Fragen? Ich weiß es nicht sicher, aber ich glaube nicht, dass es dort Gorillas gibt. Wenn ich mir Togo auf der Landkarte so vorstelle, das ist ja doch sehr westlich. Ich glaube, dass Gorillas etwas weiter östlich, mehr in Zentralafrika beheimatet sind.«

Hemma und Hubert waren jetzt ganz perplex.

Aber Hemma wollte es nun genau wissen. »Was meinst

du eigentlich, Hans, wie Schildkröten reagieren, wenn man sie in kochendes Wasser schmeißt?«

»Noch so eine komische Frage ... Na, ich vermute, dass sie nach einer Minute tot sind.« Der Major verstand die ganze Fragerei nicht.

»Und könnte es sein, ich meine, ganz theoretisch, dass sie einen Schock bekommen und ... und aus dem Panzer schlüpfen?«

In diesem Moment bekam der Major einen Lachkrampf. Er zerkugelte sich förmlich wie schon lange nicht mehr. So einen Blödsinn hatte er ja noch nie gehört!

Während des gesamten Essens hat der Major immer wieder zu lachen begonnen. »Leguanschwänze grillen ... Schildkröten, die aus ihrem Panzer schlüpfen ... Und hast du dem Seidl tatsächlich ins Hosentürl gegriffen ...?«

Selbst als Hemma und Hubert ihn zum Auto brachten, schüttelte er noch immer grinsend den Kopf. Die beiden taten so, als fänden sie es auch lustig. Erst als der Major losgefahren war, wurde Hubert ernst und meinte vorwurfsvoll: »Was denkst du dir eigentlich dabei, mir so blöde Geschichten zu erzählen? Das ganze Dorf erzählt sie bereits.«

»Na, wenn du auch immer gleich alles weitererzählen musst, was man dir anvertraut ...«

»Anvertraut? Du hast mir den ganzen Stuss *anvertraut*?«

»Ja, anvertraut. Aber du bist ja das Schwarze Brett im Dorf, du musst immer alles weitererzählen ... Warte, Pepperl, du kommst mir schon noch in meine Gasse.«

Hubert merkte als Erster, dass die ganze Diskussion völlig sinnlos war.

»Komm, häng dich ein, gehen wir ein paar Schritte.«

»Wir zwei? Eingehängt? Durchs Dorf?«

»Warum nicht?« Hubert bot ihr seinen Arm an, Hemma lächelte und hakte sich ein. »Übrigens, es ist doch egal, ob diese Geschichten stimmen oder nicht. So viele Leute erzählen sich unwahre Geschichten und glauben dran.«

»Sag ein Beispiel, Hubert.«

»Zum Beispiel glauben irrsinnig viele Leute, dass Menschen auf dem Mond gelandet sind.«

»Und? Du etwa nicht?«

»Geh, bitte! Noch nie war ein Mensch auf dem Mond. Die haben das doch alles nur im Studio gedreht.«

»Und die Russen, warum sagen die dann nichts?«

»Keine Ahnung, die werden das schon irgendwie ausgehandelt haben. Nein, Hemma, du kannst ganz sicher sein, dass noch nie ein Mensch auf dem Mond war.«

»Ehrlich?«

»Ehrlich!«